Sabina Altermatt
Alpenrauschen

Zu diesem Buch

Die Bündner Politikerin Franziska Padrun wird nach einem Fernsehinterview in Zürich von einem Auto angefahren und tödlich verletzt. Jahrelang hat sie sich gegen den Bau eines Kongresszentrums auf der Motta Lischana im Engadin eingesetzt. Die Journalistin Flurina Filli, die für einen Zürcher Privatsender arbeitet, glaubt nicht an einen Unfall. Sie ist überzeugt, dass die AlpinaInvest, die das Zentrum finanziert, etwas mit dem Tod der Politikerin zu tun hat. Ihre Recherchen führen Flurina ins Engadin, wo sie selbst ihre ersten zehn Lebensjahre verbracht hat. Und ihr Verdacht bestätigt sich tatsächlich: Der AlpinaInvest scheint jedes Mittel recht, um alles, was den Bau des Zentrums behindert, aus dem Weg zu räumen. Doch dann wird Flurina von der eigenen Vergangenheit eingeholt, und ihre Albträume werden Realität ... Ein packender Kriminalroman voller Lokalkolorit, der nicht nur Alpenfans in seinen Bann zu ziehen vermag.

Sabina Altermatt, geboren 1966 in Chur, studierte Staatswissenschaften in St. Gallen. Heute arbeitet sie als PR-Beraterin, lebt und schreibt in Zürich und im Glarnerland. Für ihr literarisches Schaffen erhielt sie verschiedene Preise und Stipendien. Nach »Verrat in Zürich West« und »Nervengift« ist »Alpenrauschen« ihr dritter Kriminalroman. Weiteres zur Autorin: www.sabina-altermatt.ch

Sabina Altermatt

Alpenrauschen

Kriminalroman

Piper München Zürich

Mehr über unsere Autoren und Bücher:
www.piper.de

Ungekürzte Taschenbuchausgabe
Piper Verlag GmbH, München
1. Auflage September 2009
2. Auflage März 2010

Umschlaggestaltung: semper smile, München
Umschlagabbildung: Plainpicture / Deepol
Autorenfoto: Matthias Studer
Papier: Munken Print von Arctic Paper Munkedals AB, Schweden
Druck und Bindung: CPI – Clausen & Bosse, Leck
Printed in Germany ISBN 978-3-492-25452-6

Alpenrauschen

Es war still geworden auf dem Berg. Die Wanderer sassen bereits in ihren Hotels beim Abendessen, und die Angestellten der Bergstation waren ins Tal gefahren. Nur das leise Murmeln des Flusses war zu hören. Die letzten Sonnenstrahlen warfen silbernes Licht auf die Stahlmasten der Gondelbahn. Eine schwache Brise spielte mit dem Windsack. Grashalme zitterten.

Die Gruppe war zu Fuss den Berg heraufgekommen. Zwei trugen einen Kanister. Sie sprachen kein Wort. Als das Holz zu brennen begann, nickten sie einander zu und machten sich auf den Weg zurück ins Tal.

Die Pfähle brannten bis tief in die Nacht. Funken flogen wie kleine Insekten durch den schwarzen Himmel und lösten sich im Nichts der Dunkelheit auf.

1

«Woran denken Sie?»

Flurina musterte den roten Teppich mit den langen zottigen Haaren. Am liebsten hätte sie sich daraufgelegt und sich zusammengerollt. Er erinnerte sie an eine Gebärmutter. Hatte ihn Frau Fromm bewusst ausgewählt? Wahrscheinlich schon. Eine Psychologin tat kaum etwas ohne Absicht.

«Ich frage mich, ob Sie diesen Teppich absichtlich ausgewählt haben», gab sie zur Antwort.

«Was meinen Sie?»

«Ich denke schon.»

«Und?»

«Und was?»

«Wieso habe ich gerade diesen ausgesucht?»

Flurina hatte keine Lust, über den Zusammenhang von rot und zottig und Gebärmütter zu diskutieren. Auch wollte sie sich nicht überlegen, wer schon alles auf diesen Teppich gestarrt hatte. Und welche Gedanken darin klebten. Zwar verstiess sie damit gegen Therapieregel Nummer eins: Alles sagen, was einem durch den Kopf geht. Ohne Wenn und Aber. Doch wenn sie wirklich erzählen würde, was sie dachte, käme Frau Fromm wieder mit der Kinderfrage. Schliesslich sei sie 36 und da müsse man sich langsam damit auseinandersetzen.

Flurina schaute auf die Grünpflanze mit glänzenden fleischigen Blättern, die auf einem niedrigen Hocker stand. Hier konnte wenigstens nichts hängen bleiben. Und schwieg. Schweigen, das war Therapieregel Nummer zwei, hiess Widerstand.

Frau Fromm sah sie an. Flurina spürte ihren Blick auf Brustkorb und Oberarmen. Verlegen schaute sie auf ihre Hände, dann verschränkte sie die Arme. So konnte sie zumindest ihren Bauch vor der Therapeutin schützen. Wenn sie jetzt nichts sagte, würde sie auch die letzte Viertelstunde in dieser Abwehrhaltung verbringen: schweigend, die Minuten zählend. Und dabei würde Frau Fromm immer grösser werden, der Teppich immer röter und die Grünpflanze immer künstlicher. Aber so weit wollte sie es nicht kommen lassen.

«Ich hatte wieder diesen Traum.» Sie warf die Worte wie einen Köder auf den roten Teppich.

Frau Fromm biss wie erwartet an. Als Jungianerin war sie an Träumen sehr interessiert, das wusste Flurina.

«Da war wieder dieses Feuer. Und die Falter. Sie sind alle in die Flammen geflogen und verbrannt. Ich konnte nichts tun. Sie haben geschrien.»

«Geschrien? Die Falter?»

«Ja. Wie Kinder.»

«Und dann sind Sie aufgewacht?»

«Meine eigene Stimme hat mich geweckt. Ich war es, die geschrien hat.»

«Wie lange, sagten Sie, haben Sie diesen Traum schon?»

«Ich weiss es nicht. Schon immer.»

«Haben Sie irgendwann etwas Ähnliches erlebt? Hat es mal bei Ihnen gebrannt?»

«Nein.»

«Oder haben Sie sich selber verbrannt?»

Flurina schüttelte den Kopf.

«Das ist interessant. Sehr interessant.» Die Therapeutin lehnte sich in ihrem Stuhl zurück und schaute zur Decke. «Jung versteht den Traum als unmittelbar deutlich werdende Darstellung der inneren Wirklichkeit. Der Nachtfalter steht für die dunklere Seite des Menschen …» Sie blickte auf die Uhr und machte ein bedauerndes Gesicht. «Es ist leider schon wieder …»

Flurina hatte das Gefühl, auch die Therapeutin sei erleichtert, dass die Sitzung zu Ende war. Sie nahm ihre «innere Wirklichkeit» – wie Frau Fromm das so schön formuliert hatte –, trug sie auf die Strasse hinunter und schwang sich auf ihr Fahrrad. In einer Viertelstunde musste sie in der Redaktion sein.

«Mist», fluchte Flurina und kratzte das Pizzastück von ihrer Hose. Sie hatte einen langen Arbeitstag hinter sich. Der Besuch bei Frau Doktor Fromm kostete sie jeweils beinahe zwei Stunden, und die musste sie dann am Abend anhängen. Sie hatte auf dem Nachhauseweg eine Pizza Prosciutto geholt, es sich vor dem Fernseher gemütlich gemacht – und nun diese Sauerei. Sie wollte aufstehen. Eine bekannte Stimme liess sie innehalten. War das nicht die grüne Nationalrätin aus dem Bündnerland? Sie stellte den Ton lauter.

«Wir finden es ausserdem wichtig, dass neben den ökonomischen auch die ökologischen Aspekte berücksichtigt werden. Natürlich sind wir uns bewusst, wie wichtig dieses Zentrum für die Schweiz und insbesondere die Bergregion ist, aber unter solchen Bedingungen …»

«Wieso sprechen Sie immer von ‹wir›? Sprechen Sie doch einmal von sich, Frau Padrun.»

«Mit meiner Person hat das nichts zu tun. Es geht lediglich um die gesetzlichen …»

«Ja, das haben wir nun mehrmals gehört, Frau Padrun.»

«Nun lass sie doch ausreden!» Flurina warf das angebissene Dreieck in die Schachtel zurück, die neben ihr auf dem Sofa lag. Manchmal schämte sie sich für ihre Kollegen.

«Wollen Sie die erste grüne Bundesrätin werden?»

«Wie gesagt. Es geht hier um die Sache. Wenn ein Gesetz vorsieht, dass …»

«Nun hören Sie schon auf mit dieser Paragrafenreiterei.»

Flurina ging in die Küche, nahm einen Lappen und versuchte, die rote Masse von ihrer Jeans zu putzen. Doch der Fleck wurde noch grösser. Sie warf den Lappen in den Ausguss.

«Es geht auch um Lebensqualität. Und das heisst, dass ein solches Bauvorhaben …», hörte Flurina Franziska Padrun sagen. Sie goss schnell ein Glas Wasser ein und nahm einen Schluck auf dem Weg ins Wohnzimmer.

«Würden Sie nun bitte meine Frage …»

«He, runter da!» Niculin stand auf dem Sofa, die Vorderpfoten auf dem Karton, den Kopf über die Pizza gebeugt. Er frass unbeeindruckt weiter. Flurina klatschte in die Hände. Der rote Kater sah kurz zu ihr auf, nahm noch schnell ein Stück Schinken und verschwand damit unter dem Sofa. Flurina seufzte, liess sich aufs Kanapee fallen und klappte den Pappdeckel zu.

«In den Statuten von ‹Engiadina verda› steht ausserdem, dass wir …»

«Ich fragte nach konkreten Taten, nicht nach den Statuten.»

Flurina nahm die Füsse hoch und streckte sich aus. Niculin kam unter dem Sofa hervorgekrochen, sprang auf Flurinas Bauch und begann sich zu putzen. Sie strich ihm über den Kopf.

«Nun gib ihm mal eins zurück», rief sie Franziska Padrun zu. Doch die Bündner Nationalrätin liess sich nicht aus der Ruhe bringen. Geduldig beantwortete sie die Fragen des Journalisten, als ginge es darum, einem Touristen, der etwas schwer von Begriff ist, den Weg zu erklären.

Ihre Taktik ging auf. Der Moderator wurde immer nervöser, verhedderte sich in seinen Fragen und Anfeindungen. Wie ein Schuljunge stand er zum Schluss da. Franziska Padrun hatte jede seiner Fragen so umgedreht, dass sie ihre Anliegen einbringen konnte.

Als das Interview fertig war, beugte sich Flurina zum Couchtisch vor und griff nach der Fernbedienung. Dabei wäre Niculin beinahe von ihrem Schoss gekippt. Sie zappte durchs Programm. Der deutsche Aussenminister wurde gefragt, ob die Schweiz der EU beitreten solle oder nicht. Diplomatisch antwortete er, das müsse die Schweiz selber wissen. Dabei ist ihm das ziemlich egal, dachte sie. Flurina schaltete den Fernseher ab. Sie nahm den Kater von ihrem Schoss und setzte ihn aufs Sofa. Er stand auf, streckte sich und rollte sich zusammen.

Sie ging auf den Balkon und schaute über die Geleise. Ein Nachtzug fuhr in den Bahnhof ein, zirkelte über Weichen, schwankte mal nach links, mal nach rechts, drohte zu kippen. Ein frischer Wind wehte. Sie strich die schwarzen Locken aus dem Gesicht, hinter die Ohren. Dann verschränkte sie fröstelnd die Arme. Der Sommer schien Pause zu machen.

Franziska Padrun verliess das Backsteingebäude des Zürcher Privatsenders kurz vor zwölf. Sie fühlte sich erschöpft. Die letzten paar Wochen war sie andauernd unterwegs gewesen, hatte ein Interview nach dem anderen gegeben. Die Journalisten waren häufig aggressiv. Die Medien standen wie so oft auf der Seite der Wirtschaftsvertreter.

Doch am meisten zu schaffen machten ihr die persönlichen Anfeindungen. Immer wenn sie in Sursass den Dorfladen betrat, wurde es auffällig still. Sogar Nesa, die den Laden führte und mit der sie jeweils einen kleinen Schwatz hielt, war neuerdings meist in ein Gespräch vertieft oder mit dem Nachfüllen von Lebensmitteln beschäftigt. Mehr als ein *«allegra»*, ein *«Grüezi»*, gab es nicht. Und oft nicht einmal das. Sie war eine Fremde geblieben, obwohl sie akzentfreies *vallader* sprach. Nachdem sie hierhergezogen war, hatte sie dieses Idiom des Romanischen, das man im Unterengadin spricht, so schnell wie möglich gelernt. Doch Wurzeln konnte man nicht durch Sprache ersetzen.

Sie musste an den Vortag denken, an den Hühnerkopf auf dem Fussabtreter. Lea hatte entsetzlich geschrien und wollte sich nicht mehr beruhigen. Als Florin nach Hause kam, hatten sie gestritten.

«Merkst du nicht, was du deiner Familie antust, deinen Kindern, mir?», hatte er sie gefragt. «Sie werden in der Schule gehänselt. Zum Glück hält wenigstens die Lehrerin zu uns. Deine ganze Energie steckst du in die Politik. Bist gar nicht mehr da. Nicht einmal dann, wenn du zu Hause bist.»

Sie holte tief Luft. Wäre es nicht besser, mit allem aufzuhören? Nicht nur mit der Politik. Da war noch etwas anderes, etwas, das ihr bis jetzt die Kraft gegeben hatte, weiterzumachen. Doch im Moment kostete auch das mehr Energie, als es brachte.

Es regnete. Die Leuchtreklame des Kinokomplexes an der Hardstrasse spiegelte sich im Asphalt. Das Rot verlief im Regenwasser. Vor ihr ging ein Mann mit einem Hund. Bei der Halteverbotstafel hob das Tier das Bein. Der Mann blieb stehen, zündete eine Zigarette an, wartete, bis sein Vierbeiner fertig gepinkelt hatte, und setzte seinen Weg fort. Sie schaute das Gebäude hoch. Oben hing eine erleuchtete Plane, die den nächsten Film ankündigte. «Die Hard 4» mit Bruce Willis. Franziska schmunzelte. Eine gute Werbung für das Hardquartier, wenn man den Namen auf Deutsch aussprach. Und für die Hardbrücke, die als vierspurige Autobahn den Stadtteil von Norden nach Süden durchschnitt und für deren Abbruch es alle paar Jahre aus linken Kreisen Vorstösse gab.

Es regnete kräftiger. Die Tropfen wurden zu Fäden. Ein dunkler Kombi schoss vorbei und spritzte sie nass. Sie beschloss, die Strasse zu überqueren und unter der Brücke bis zur Tramhaltestelle zu gehen. Dabei übersah sie die Bahngeleise, die beim Fussgängerstreifen quer über die Strasse liefen und auf denen immer noch ab und zu Güterzüge mitten durchs Industriequartier rollten. Sie blieb mit dem Absatz ihres Stiefels in der Schiene stecken, konnte sich gerade noch auffangen. Schlüpfte aus dem Schuh, der sich verfangen hatte, balancierte auf dem anderen Bein, bückte sich, indem sie den unbeschuhten Fuss nach hinten hielt, und zerrte mit der einen Hand am Schaft. Doch der Absatz steckte fest. Sie zog mit beiden Händen am Stiefel, stützte sich mit dem grossen Zeh leicht auf dem nassen Boden ab. Der Schuh gab nach, sie richtete sich auf und blickte direkt in einen hellen Scheinwerfer. Sie hatte das Auto nicht heranfahren hören.

Flurina war soeben eingeschlafen, als es läutete. Sie tastete nach ihrem Wecker und stellte ihn ab. Doch der Lärm verstummte nicht. Sie taumelte aus dem Bett, stolperte über einen Pullover und holte das Handy aus ihrer Umhängetasche. Es war die Redaktion.

«Ich brauche dich. Sofort», sagte Chefredaktor Huber.

«Was, jetzt? Mitten in der Nacht?» Flurina tastete nach dem Lichtschalter. Sie kniff die Augen zusammen. «Aber wieso?»

«Stefan ist krank und …»

«Das tut mir leid, aber …» Sie setzte sich auf die Bettkante und rieb das eine Auge.

«Ein Verkehrsunfall.»

«Was? Stefan ist verunfallt?»

«Nein. Nicht Stefan. Eine Frau wurde überfahren.»

«Und wieso geht nicht Kurt?»

«Seine Frau liegt in den Wehen.»

Flurina wollte aufstehen, setzte sich jedoch sogleich wieder hin. Aber es war bereits zu spät und ihr Slip durchnässt, das Blut rann das eine Bein hinunter. Schnell legte sie sich mit aufgestellten Beinen auf den Rücken, schnappte sich ein Taschentuch, das neben dem Bett lag, putzte das Rinnsal auf und stopfte das Papier vorne in die Unterhose. Sie nahm den Hörer wieder ans Ohr.

«Bist du noch da?», fragte Huber.

«Ja, klar!» Sie versuchte, normal zu klingen. «Wo muss ich hin?»

Huber erklärte es ihr. Es war ganz in der Nähe.

Flurina sah die Unfallstelle schon von Weitem. Der Beton warf das blaue Licht der Polizeiautos zurück, die Unterseite der Brücke schien zu blinken. Beinahe wäre sie in den Polizisten gefahren, der mitten auf der schlecht beleuchteten Kreuzung stand und den Verkehr umleitete. Er verzog keine Miene. Sie stellte ihr Fahrrad vor dem Kinokoloss ab.

Als sie vor dem rot-weiss gestreiften Sperrband stand, fiel ihr ein, dass sie ihren Presseausweis zu Hause hatte liegen lassen. Eine junge Polizistin mit dickem, aschblondem Zopf kam auf sie zu.

«Kann ich Ihnen helfen?»

«Ich bin von der Presse. Flurina Filli von der ‹Tageszeitung›.»

«Darf ich Ihren Presseausweis sehen?»

«Den habe ich vergessen.» Flurina kramte in ihrer Tasche, obwohl sie wusste, dass er da nicht war.

«Von welcher Zeitung, haben Sie gesagt?»

«Von der ‹Tageszeitung›.»

«In Ordnung. Die Pressesprecherin steht da drüben.» Sie deutete auf eine hochgewachsene Frau mit kurzen Haaren, die von ein paar Journalisten umringt war. Flurina stellte sich dazu.

«Wir können noch nichts Abschliessendes sagen. Es handelt sich bei der Toten mit grosser Wahrscheinlichkeit um die Bündner Nationalrätin Franziska Padrun. Genaueres werden wir Ihnen frühestens morgen …»

Flurina wandte sich ab. Aber das konnte nicht sein. Eben hatte sie Franziska Padrun in einem Live-Interview gesehen. Und jetzt war sie tot? Sie nahm die Stimmen hinter sich wie aus der Ferne wahr.

«Hat man den Fahrer schon …»

«Selbstverständlich werden wir dem nachgehen …»

«… Zusammenhang mit dem Kongresszentrum auf der Motta Lischana …»

«… kann ich Ihnen leider nicht mehr …»

Sie hatte die Nationalrätin bewundert. Sie war kompetent, kannte ihre Dossiers, war eine ausgeprägte Sachpolitikerin und hatte trotzdem ihren Charme nicht verloren.

Und nun war diese Frau tot? Ein Ziehen im Bauch liess sie zusammenfahren. Es war, als rammte ihr jemand einen spitzen Gegenstand in die Gebärmutter und risse gleichzeitig ihre Eierstöcke auseinander. Sie stützte sich am nächsten Brückenpfeiler ab. Es wurde jedes Mal schlimmer mit der Menstruation. Je älter sie wurde. Rebellierte der Körper zunehmend gegen vertane Gelegenheiten?

Sie spürte eine Hand auf ihrer Schulter.

«Ist Ihnen nicht gut?» Ein Sanitäter stand neben ihr.

«Es geht schon.»

«Kommen Sie mit. Sie sollten sich kurz hinlegen.» Er brachte sie zum Krankenwagen und bot ihr eine Liege an.

«Es geht, danke», wiederholte Flurina. Sie setzte sich hin, der Mann brachte ihr einen Plastikbecher mit Wasser.

Sie blickte sich um. Nur etwa drei Meter entfernt knieten Personen in weissen papierenen Anzügen auf dem Boden und hatten irgendwelche Geräte in der Hand. Das mussten der unfalltechnische und der wissenschaftliche Dienst sein. Etwas weiter weg standen zwei Männer in Zivil. Von der Leiche konnte sie nichts sehen.

Sie stand auf und wollte sich das genauer ansehen, da stellte sich ihr ein Polizist mit kurz geschorenen Haaren in den Weg.

«Was machen Sie hier?», fragte er schroff.

«Ein Sanitäter hat mich …» Sie blickte sich nach dem Mann um, doch der war bereits verschwunden.

«Ich bitte Sie, den abgesperrten Bereich sofort zu verlassen. Sonst muss ich …»

«War es wirklich ein Unfall?», unterbrach Flurina den Mann.

«Sehen Sie die Frau da drüben? Das ist die Pressesprecherin der Stadtpolizei. Die gibt Ihnen gerne Auskunft.»

«Und Sie, was meinen *Sie?*»

«Es ist nicht meine Aufgabe, etwas zu meinen. Bitte gehen Sie jetzt.» Er trat einen Schritt auf Flurina zu.

«Und wieso ist der Staatsanwalt hier?», wollte sie den Polizisten in ein Gespräch verwickeln.

Er schaute auf seine Stiefel, dann blickte er sie wieder an und lächelte. «Netter Versuch.»

«Okay.» Flurina gab auf. «Danke.»

Die Büroräume im oberen Stock waren dunkel. Nur zuhinterst im Raum warf eine Lampe einen Lichtkegel auf einen verlassenen Schreibtisch, ein Bildschirmschoner zeichnete unablässig farbige Linien auf den schwarzen Hintergrund. Die Rollläden waren heruntergelassen. Aus der Küche drang helles Neonlicht. Flurina hörte jemanden hantieren, die Kühlschranktür schlug zu. Kurz darauf tauchte Kurt auf. Er hatte eine Flasche Bier in der Hand.

«Ich dachte, du bist im Spital?», fragte Flurina und ging auf ihn zu.

«Fehlalarm. Es geht noch mindestens eine Woche.» Er nahm einen Schluck von seinem Bier. «Der Kleine scheint es nicht eilig zu haben.» Er blickte auf ihre Hose. «Aber wie siehst du denn aus!»

Hätte sie doch den stärkeren Tampon nehmen sollen? Flurina blickte nach unten, doch man sah nur den Pizzaflecken. Sie zog das T-Shirt darüber und hoffte, zu Hause in ihrem Kleiderschrank noch eine saubere Hose zu finden.

«Hatte keine Zeit mehr, was Hübsches anzuziehen, als Huber mich aus dem Bett geholt hat. Aber wieso bist du hier?»

«Ich dachte, ich unterstütze dich. Unfälle und Verbrechen sind ja nicht unbedingt dein Gebiet. Gab es Tote?»

«Franziska Padrun wurde überfahren.»

«Was? Die Bündner Nationalrätin, die sich gegen den Bau dieses Kongresszentrums im Engadin eingesetzt hat? Das ist der Hammer. Das bringen wir auf der ersten Seite. Schlagzeile: Tod einer Grünen.»

Flurina verdrehte die Augen.

«Oder: Grüne von Auto überfahren»

«Wir sind hier nicht beim ‹Blick›.»

«Du hast recht. Entschuldigung. Das sind die Hormone.»

«Wie bitte?»

Er deutete auf seinen Bauch.

«Es geht doch nichts über schwangere Männer», frotzelte Flurina.

«Weiss man schon, wer's war?», kam Kurt wieder auf das Thema zurück.

«Die Polizei will frühestens morgen informieren. Im Grunde haben sie bis jetzt gar nichts gesagt. Ausser dass die Frau tot ist. Nichts von Zeugen, nichts über den Fahrer. Ich nehme an, es war Fahrerflucht. Sonst hätten sie etwas dazu verlauten lassen.»

«Das ist nicht viel. Gibt höchstens einen Einspalter.» Er leerte die Flasche in einem Zug.

«Schon merkwürdig», sagte Flurina.

«Was?»

«Es sind nur noch zwei Wochen bis zur Abstimmung über dieses Zentrum auf der Motta Lischana.»

«Du glaubst doch nicht, dass es da einen Zusammenhang gibt?» Kurt schien einen Rülpser zu unterdrücken.

«Natürlich nicht. Das würde keinen Sinn machen. Ein paar deftige Auseinandersetzungen hat es zwar schon gegeben ...»

«Ja, aber das war doch ein reiner Schlagabtausch vor den Medien.»

«Immerhin wurde auch die Informationstafel des Zentrums abgefackelt.»

«Bubenstreiche. Und Franziska Padrun hat sich davon distanziert.»

«Du hast recht.»

«Was machen wir?» Er stellte die leere Bierflasche auf ein Büchergestell.

«Einen Einspalter finde ich zu wenig. Wir können noch etwas über ihre Person bringen. Und die Geschichte mit dem Kongresszentrum.»

«Aber das hat ja nichts mit dem Unfall zu tun», entgegnete Kurt.

«Das ist doch egal. Ein kleiner Nachruf sozusagen. Das hat sie verdient.»

«Wenn du meinst. Schliesslich bist du die Spezialistin für Porträts. – Hast du die Padrun persönlich gekannt? Ihr habt doch früher einmal im Engadin gewohnt.»

«Ja, aber da war ich noch klein, und sie ist erst später dorthin gezogen. An ihren Mann, Florin, kann ich mich erinnern. Der war damals ein Teenager.»

«Und danach warst du nie mehr da?»

«Nein.»
«Keine Verwandten mehr?»
Flurina reagierte nicht.
«Komisch», meinte Kurt.
«Was ist daran komisch?»
«Ist immerhin die Heimat deiner Eltern.»
«Meines Vaters. Meine Mutter stammt aus dem Val Müstair.»
«Ach so. – Und du warst wirklich nie mehr da?» Kurt liess nicht locker.
«Können wir jetzt diesen Artikel schreiben?!»
«Aber ja doch!» Er schüttelte die Armbanduhr unter dem Hemdsärmel hervor. «Wie viel Zeit haben wir bis Redaktionsschluss? – Eine Dreiviertelstunde», beantwortete er seine Frage gleich selber. «Am besten, wir teilen uns auf. Ich schreib auf, was du mir über den Unfall erzählt hast, und du machst ein kleines Porträt. Kriegst du das hin?»
Flurina zuckte mit den Schultern. «Ich weiss nicht recht.»
Kurt sah sie unsicher an. Flurina grinste. «Ja klar!»

2

Flurina sah den Falter langsam auf die Flamme zugaukeln. Sie wollte rennen, die Kerze löschen, doch sie kam nicht vorwärts. Die Luft um sie herum war zäh wie Brei. Sie erwachte und setzte sich auf.

Ein Nachtfalter lag mit geöffneten Flügeln unter dem Fenster. Sie bewegten sich leicht. Niculin stand daneben und betrachtete das Insekt, stiess es mit der Pfote an. Dann schnappte er danach, biss ein paarmal darauf herum und schluckte es hinunter.

«*Bun appetit.* Dann brauchst du ja kein Frühstück mehr.» Niculin sah sie an.

«War ein Witz.»

Flurina ging in die Küche, Niculin tappte ihr hinterher. Sie öffnete den Oberschrank, in dem das Katzenfutter war. Oder vielmehr sein sollte. Das Regal war leer. Der Kater sah Flurina mit grossen Augen an, als sie sich ihm mit leeren Händen zuwandte.

«Mein armer Kleiner. Hab ich doch glatt vergessen, Katzenfutter einzukaufen.» Sie wollte ihm über den Kopf streicheln, doch er machte einen Sprung zur Seite und setzte sich unter den Küchenstuhl.

Beim Kühlregal traf Flurina Frau Berger. Sie wohnte im selben Block im Erdgeschoss und kümmerte sich jeweils um Niculin, wenn Flurina in den Ferien war. Sie war dabei, einen Tetrapak Milch aus der hintersten Ecke des Regals hervorzuzerren. Flurina grüsste und Frau Berger zuckte zusammen.

«Haben Sie schon von dem Unfall vorne an der Strasse gehört?» Sie stützte sich am Regal ab.

«Sie meinen unter der Hardbrücke? – Soll ich Ihnen helfen?» Flurina nahm die Milch hervor und legte sie Frau Berger in den Einkaufskorb.

«Ja, genau. Eine Politikerin ist da überfahren worden.»

«Franziska Padrun. Ich war gestern auch da.»

«Ich beneide Sie nicht. Sicher kein schöner Anblick. – Franziska Padrun? Das war doch diese Grüne aus dem Engadin. Ich bin sonst nicht für die Grünen. Aber die hat mir gefallen. Eine Frau, die weiss, was sie will.»

Flurina schaute sie fragend an. Sie hätte nicht gedacht, dass sich ihre Nachbarin für Bündner Politikerinnen interessiert.

Frau Huber schien ihr Erstaunen bemerkt zu haben. «Meine Schwester wohnt auch im Engadin», fügte sie erklärend hinzu. «Aber sagen Sie, wie geht es meinem kleinen Kater?»

«Klein ist gut. Er wartet auf sein Frühstück.»

«Dann aber nichts wie los», sagte Frau Berger mit einer verscheuchenden Handbewegung.

Flurina griff nach einer Dreierpackung Katzenfutter und beim übernächsten Gestell nach einer Schachtel Tampons und ging zur Kasse. Sie zog verschiedene Zeitungen aus dem Ständer, um nach der Mitteilung über den Unfall zu suchen. Die meisten hatten sich mit einem Einspalter begnügt.

Der Schreibtisch roch nach Möbelpolitur. Yvonne Suter fuhr mit der Hand über die Oberfläche. Sie fühlte sich leicht klebrig an. Neben dem Flachbildschirm stand ein Blumenstrauss. Gelbe Rosen mit weissen Freesien, von einem Kranz Palmblätter umgeben.

Es war ihr erster Arbeitstag nach der ersten Nacht in der neuen Wohnung. Sie hatte noch nicht einmal Zeit gehabt, ihre Bananenschachteln auszupacken. Fast eine halbe Stunde musste Yvonne suchen, nachdem sie, kurz bevor sie das Haus verlassen wollte, unter dem linken Knie eine Laufmasche entdeckt hatte. Obwohl alle Schachteln ordentlich angeschrieben waren. Die Wohnung lag in einem Haus aus den 50er-Jahren in der Nähe des Römerhofs. In allen Zimmern Parkett, im Eingangsbereich roter Klinker. An den Fenstern hatte es noch die alten verschnörkelten Griffe. Sie war frisch renoviert. Mit Blick über die Stadt. Zwar teurer als die in Bern. Aber sie verdiente in Zürich auch mehr als an ihrer alten Stelle bei der Wirtschaftsförderung.

Vier Jahre hatte sie dort gearbeitet. Es war ihre zweite Stelle nach dem Studium gewesen. Ein Kollege hatte ihr erzählt, dass bei der AlpinaInvest eine Stelle für Kommunikation ausgeschrieben sei. Das war genau die Herausforderung, die sie nach vier Jahren brauchte. Ihr nächster Karriereschritt. Auch wenn sie dafür Bern verlassen musste. Und Bruno.

Sie hatte Bruno sein Lieblingsessen gekocht. Hackbraten mit selbst gemachtem Kartoffelstock. Dazu einen Maienfelder Blauburgunder. Und ihn vor vollendete Tatsachen gestellt. Als sie ihm von ihrer neuen Stelle in Zürich erzählte, liess er Messer und Gabel fallen, nahm die Stoffserviette vom Schoss, warf sie auf den Tisch und verzog sich ins Badezimmer. Nach einer Viertelstunde kam er wieder heraus. Yvonne sass immer noch am Tisch. Bruno setzte sich schweigend dazu und ass weiter.

«Für mich kam es auch sehr überraschend.» Sie malte mit der Gabel, die sie in die Sauce getunkt hatte, kleine Kreise auf ihren Teller.

«Ach ja? Du wurdest abgeworben, ohne es zu merken? Sehr interessant. Aber danke, dass du's mir erzählst, bevor du ausziehst.»

Immerhin sagt er was, dachte Yvonne, anstatt wie sonst die beleidigte Leberwurst zu spielen und stundenlang zu schweigen.

«Und was ist mit uns?», fragte Bruno.

«Was soll mit uns sein?»

«Wie stellst du dir das vor? Sollen unsere Kinder einmal zwischen Bern und Zürich pendeln.»

«Welche Kinder? – Es geht dir also gar nicht um mich. Du brauchst nur eine Mutter für deine Kinder.»

«Das hast du absichtlich gemacht.»

«Was?»

«Diese Stelle angenommen. Weil du mich so loswerden kannst.»

«Das stimmt nicht.»

«Und wieso hast du dann nicht schon früher etwas gesagt?»

«Weil ich Angst hatte, dass du mich überreden würdest, hierzubleiben.»

«Ich bin ja immer so egoistisch und denke nur an mich! Wem geht es denn hier nur um die Karriere?»

«Meinetwegen wärst du jedenfalls nicht von Bern weggezogen und hättest deinen Job aufgegeben.»

«Da hast du ausnahmsweise recht. Sicher nicht wegen einer wie dir.»

Sie lehnte über den Tisch und verpasste ihm eine Ohrfeige. Seine Wange blutete leicht. Sie musste ihn mit ihrem Ring verletzt haben. Yvonne ging um den Tisch herum und wollte sich die Wunde ansehen.

«Lass mich!» Bruno stiess sie zurück.

«Jetzt zeig doch mal.»

Er holte aus und schlug ihr ins Gesicht. Sie taumelte, fiel rückwärts zu Boden. Sie drehte sich auf die Seite, zog die Beine an, setzte sich auf die Knie und versuchte, sich an Bruno hochzuziehen. Er schubste sie weg, nahm seinen Teller, ging in die Küche und liess ihn in den Abguss scheppern. Wenig später knallte die Wohnungstür.

Doch an Bruno wollte sie jetzt nicht denken. Nicht schon an ihrem ersten Arbeitstag. Sie lehnte sich ins kühle Lederpolster zurück und schaute auf die Uhr. Noch eine Viertelstunde bis zur Sitzung um zehn, zu der sie Tobler, ihr neuer Chef, vor ein paar Minuten eingeladen hatte. Sie hatte keine Ahnung, worum es dabei ging. Auf der Toilette war sie schon gewesen. Aber etwas Koffein wäre jetzt nicht schlecht.

«Ich bin Dieter, und du bist die Neue», sagte der Mann, der mit kurzärmligem Hemd und gestreifter Krawatte in der Kaffeeküche stand. Er hatte einen feuchten Händedruck. «Soll ich dich in die Kunst des Kaffeemachens einführen?» Yvonne lächelte freundlich und liess ihn gewähren. Er erklärte ihr die Funktionen aller Tasten und machte ihr zum Schluss einen Kaffee. Sie hätte lieber einen Espresso gehabt.

«Bis nachher an der Sitzung.»

«Tschüss.» Yvonne suchte in der Küche nach künstlichem Süssstoff. Sie fand keinen.

Das Sitzungszimmer war im achten Stock. Hinter den Fensterfronten lag die Stadt. Der Tisch war so gross, dass er beinahe das ganze Zimmer füllte. Yvonne zwängte sich zwischen den bereits besetzten Stühlen und der Wand hindurch. Sie ging hinter Tobler her und versuchte, sich die Namen der Leute zu merken, die er ihr vorstellte. Es waren alles Männer in dunklen Anzügen. Mit einer Ausnahme. Lydia Schnell trug ein dunkelblaues Deuxpièces und wurde ihr als rechte Hand Toblers vorgestellt. Sie sei bisher für alle kommunikativen Belange zuständig gewesen, ihre Vorgängerin sozusagen.

Yvonne setzte sich neben ihren Chef. Lydia Schnell verwickelte Tobler sofort in ein Gespräch. Sie schenkte ihm Wasser aus einer der herumstehenden Karaffen ein, ohne den Redeschwall zu unterbrechen. Yvonne nahm die Flasche, die direkt vor ihr stand, und wollte ihrem Nachbarn zur rechten Seite ein Glas anbieten. Doch der schüttelte nur den Kopf. Er war mit seinem Palm beschäftigt und tippte unablässig mit dem Stift auf der Eingabefläche herum.

Yvonne schaute in die Runde. Alle sprachen eifrig mit ihren Tischnachbarn. Sie versuchte, mit Dieter Augenkontakt aufzunehmen, er schien sie jedoch nicht zu sehen. Sie musterte die abstrakten Bilder an den Wänden, die auf der grob strukturierten Tapete billig wirkten.

Um achtzehn Minuten nach zehn kam ein Mann im hellen Anzug mit roter Krawatte herein und setzte sich schwungvoll auf den Stuhl am oberen Ende des Tisches. Das musste Gerber – der Verwaltungsratspräsident – sein. Er legte einen Stapel Akten vor sich auf den Tisch, setzte seine Lesebrille auf und musterte die Runde über die Brille hinweg, worauf alle verstummten.

Als Erstes drückte er sein Bedauern über den Tod von Franziska Padrun aus. Auch wenn sie ihm in den letzen Wochen und Monaten das Leben schwer gemacht habe, sei sie immer eine faire Gegnerin gewesen. Nach den neusten Informationen der Polizei, die Medienkonferenz sei soeben im Gange, handle es sich um Fahrerflucht, was sehr unerfreulich sei.

Yvonne wunderte sich, woher der Verwaltungsratspräsident die Informationen so schnell hatte. Sie fragte Tobler, doch der bedeutete ihr mit einer Handbewegung zu schweigen.

Äusserst ungeschickt sei natürlich auch, dass dieser Unfall zwei Wochen vor der Sursasser Abstimmung passiert sei. Er hoffe sehr, dass Franziska Padrun nicht im Nachhinein heilig gesprochen werde und die Abstimmung bachab gehe, nur weil sich die Bevölkerung verpflichtet sehe, Padruns Erbe durchzusetzen.

Deshalb gelte es nun, offensiv zu informieren und die Anstrengungen noch zu intensivieren. Er wolle deshalb diesen Nachmittag vor die Medien treten. Die Stimmung dürfe nicht kippen und die Padrun nicht zum Opfer werden. Das wäre ganz schlecht für das Projekt.

«Das Ziel ist noch nicht erreicht», sagte der Verwaltungsratspräsident, stand auf, trat ans Fenster und schaute hinaus. Dann wandte er sich wieder der Runde zu: «Die Abstimmung über den Landverkauf auf der Motta Lischana ist in zwei Wochen. Bis dahin kann noch viel passieren. Wir brauchen das Volk auf unserer Seite. Hat jemand eine Idee, wie wir das bewerkstelligen können?»

«Wir könnten unsere Plakatkampagne in Sursass verstärken. Oder nochmals Flyer in alle Haushalte …» Lydia Schnell brach ab, nachdem sie zu Tobler geblickt hatte, dieser aber nur auf seine Hände starrte.

«Danke, Frau Schnell. Andere Vorschläge?» Der Präsident blickte aufmunternd in die Runde.

«Wir könnten die ‹Public Private Partnership› intensivieren», sagte Dieter.

«Die was?», fragte Schnell Tobler. Dieser wedelte mit der Hand, als wollte er eine lästige Fliege verscheuchen.

«Inwiefern?»

«Indem wir zum Beispiel den neuen Schulhausbau mitfinanzieren», fuhr Dieter weiter.

«Keine schlechte Idee, Herr Neukomm!»

«Wie wäre es zum Beispiel, wenn wir nächstes Wochenende in Sursass einen Umzug organisieren würden?», warf Yvonne ein.

Im Sitzungszimmer wurde es auf einen Schlag still. Yvonnes Nachbar hatte aufgehört, auf seinem Palm herumzutippen. Alle Augen waren auf sie gerichtet. Sie spürte, wie ihr Chef sie von der Seite ansah.

Dann schauten alle erwartungsvoll zu Gerber. Zuerst verfinsterte sich seine Miene, dann begann er wohlwollend zu nicken. «Interessanter Hinweis, Frau … ?»

«Suter», rief Lydia Schnell Gerber zu.

«Frau Suter. Wirklich sehr interessant. Nein, nicht interessant, hervorragend! Dass ich da nicht selber …»

«Sie haben mich darauf gebracht. Weil Sie von ‹Volk› gesprochen haben.»

«So was. Das nenn ich Teamwork! Willkommen bei der AlpinaInvest, Frau Suter!» Er blickte auffordernd in die Runde.

«Super», sagte einer, der Yvonne gegenüber sass. Hiess er nun Herzog oder Herrmann?

«Gute Idee», meinte ein anderer und hob sein Wasserglas.

«Gratulation! Oder besser: *gratulaziun!*» Das war Dieter.

«Ich war noch nie an einer Demo», sagte Lydia Schnell zu Tobler und spielte mit ihrer Kette.

«Sie meinen an einem Umzug», gab dieser zurück.

Dieter bat um das Wort. «Mir scheint wichtig, dass die Kundgebung im Namen der einheimischen Bevölkerung stattfindet. Es darf nicht den Anschein haben, dass sie von Zürich aus lanciert wurde.» Er blickte zu Tobler. Dieser runzelte die Stirn.

«Da machen Sie sich mal keine Sorgen, Herr Neukomm. Das werde ich mit meinen Freunden in Sursass schon regeln.»

«Finden Sie nicht, dass in Anbetracht der Tatsache …», meldete sich Yvonnes Nachbar mit dem Palm.

«Ja, bitte?», unterbrach ihn der Präsident.

«Ich meine, die Situation ist etwas schwierig. Wenn wir jetzt einen Demonstrationsumzug machen, könnte das Auswirkungen haben.»

«Aber das wollen wir doch. Oder nicht?» Er schaute belustigt in die Runde.

«Ich denke dabei an das Image des neuen Zentrums. Wenn es zu Ausschreitungen kommt, dann …»

«Wie um Himmels willen kommen Sie auf Ausschreitungen! Das wird ein friedlicher kleiner Umzug im Namen der Sache. Oder beabsichtigt jemand von Ihnen, nach Sursass zu gehen, um Steine zu werfen?» Er hob den Zeigefinger und schaute mahnend in die Runde. Alle lachten.

In der Redaktion roch es nach Vicks-Vaporub. Stefan sass an seinem Computer. Neben der Tastatur lag ein Päckchen Taschentücher. Er sah erbärmlich aus.

Flurina hielt ihm die Zeitung unter die Nase. «Zufrieden?

Für eine Dreiviertelstunde nicht schlecht, oder?» Sie boxte ihn leicht in den Oberarm. Er öffnete den Mund, aber anstatt zu sprechen, weiteten sich seine Nasenflügel, er kniff die Augen zusammen, zog ein paarmal tief Luft ein, griff gleichzeitig nach einem Taschentuch und nieste hinein.

«Gesundheit!»

«Da ist soeben eine Mitteilung der Stadtpolizei gekommen.»

«Die sind aber schon früh auf», lästerte Flurina.

Stefan blieb ernst. «Es ist wirklich Fahrerflucht.»

«Zeugen?»

«Bis jetzt keine. Wir sollen einen Zeugenaufruf publizieren.»

«Dann machen wir das. Vielleicht nützt es ja. – Die Abstimmung wird nun sicher zugunsten des Zentrums ausgehen», sagte Flurina nachdenklich.

«Wieso? Weil Franziska Padrun tot ist? Sie war nicht die Einzige, die sich dagegen gewehrt hat. Das Komitee Engiadina verda gibt es immer noch», sagte Stefan mit beschlagener Stimme und schnäuzte sich.

«Ja, schon. Aber sie war die Galionsfigur. Eine Jeanne d'Arc der Alpen sozusagen.»

«Das hast du aber treffend formuliert. Darf ich mir das aufschreiben?» Ohne eine Antwort abzuwarten nahm er einen Zettel und kritzelte etwas darauf.

«Ich denke, die anderen werden aufgeben.»

Stefan schüttelte den Kopf. «Das hoffe ich nicht. Kommst du mit?»

«Wohin?»

«Zur Pressekonferenz. Ich habe soeben eine Einladung per Mail erhalten. Die AlpinaInvest informiert heute Nachmittag.

Worüber weiss ich nicht genau. Vielleicht sind die ersten Investoren ausgestiegen.»

«Die AlpinaInvest steckt hinter dem Zentrum?» Flurina war überrascht.

«Wer sonst.»

«Wo hat die ihre Finger eigentlich nicht drin? Und was soll ich da? Ist doch dein Ressort.»

«Ich dachte, jetzt, wo du im Thema drin bist …»

«Mal schauen. Vielleicht.»

Das Telefon läutete. Sie ging zu ihrem Schreibtisch.

Yvonne war nervös. So hektisch hatte sie sich ihren ersten Arbeitstag nicht vorgestellt. In einem halben Tag musste sie eine Medienkonferenz auf die Beine stellen. Die Einladungen hatte sie nach der Sitzung per E-Mail verschickt. Nun wollte sie noch die Medienunterlagen zusammenstellen. Von der Schnell, die sie unterstützen sollte, hatte sie seit dem Mittagessen nichts mehr gesehen, und Tobler war in einer Sitzung.

«Sie sind sich sicher gewohnt, unter Druck zu arbeiten», hatte er zu ihr gesagt und ihr kurz die Hand auf die Schulter gelegt, bevor er verschwand.

Und nun hatte auch noch der Kopierer einen Stau. Sie zog den Toner heraus, bückte sich, sah in den Hohlraum. Da war ganz hinten ein Blatt. Sie zerrte daran, es riss, und sie hatte ein Stück Papier in der Hand. Yvonne ging in ihr Büro, holte eine Pinzette aus ihrer Handtasche und zog damit das restliche Papier heraus. Dann schob sie den Toner wieder in die Halterung zurück und drückte den Startknopf. Die Maschine spuckte die Blätter aus, ordnete sie zu Papierbündeln und stiess eine Heftklammer hindurch.

Der Besprechungsraum war bis auf den letzten Platz besetzt. Stefan war nicht gekommen. Scheinbar hatte ihn die Sommergrippe immer noch fest im Griff. In der vordersten Reihe sass eine Reporterin eines Lokalradios und jemand vom Fernsehen.

Flurina verstand diesen Aufmarsch nicht. Die Alpina pfiff, und die Medien kamen wie eine Herde folgsamer Hündchen angetrabt. Ganz nach dem Motto «Erfolg macht sexy». Bei jedem grösseren Projekt in der Stadt, sei dies nun ein Stadion, der Umbau einer Hochschule oder eines Theaters, war die Alpina dabei. «Public Private Partnership» wurde in Zürich grossgeschrieben und mit «Private» war meist die Alpina gemeint.

Gerber kam herein, schüttelte hier und da Hände.

Flurina hatte ihn noch nie persönlich gesehen, sie kannte ihn nur aus Zeitung und Fernsehen. Doch das genügte ihr. Er war ein Mann der Wirtschaft durch und durch. Gleichzeitig gab er sich sozialdemokratisch. Wenn es darum ging, Grossprojekte zu realisieren, war er immer an vorderster Front. Selbstverständlich nur mit der Absicht, Arbeitsplätze zu schaffen.

Er knöpfte sein Jackett zu und nahm ein paar kleine Kärtchen aus der Jackentasche. Dann räusperte er sich und gab einer gross gewachsenen Frau mit hochgesteckten Haaren ein Zeichen, das wohl heissen sollte, sie könne jetzt die Medienunterlagen verteilen.

Gerber begrüsste die anwesenden Journalisten, die Journalistinnen seien wie immer mitgemeint, und drückte sein tiefstes Bedauern über den Tod von Franziska Padrun aus. Er habe sie als kompetente Politikerin geschätzt, mit der er auch manch freundschaftliches Gespräch geführt habe. Und dass es trotz dieses tragischen Unfalls nun darum gehe, das Projekt weiterzuziehen. «Denn die Bergbevölkerung zählt auf unsere Unterstützung.» Soeben habe er erfahren, dass für nächsten Samstagnachmittag in Sursass eine Kundgebung für das Zentrum geplant sei.

Eine Journalistin fragte, wieso er auf einmal so freundschaftlich tue. Er habe Franziska Padrun laufend angegriffen.

Das sei für sie sicher schwierig zu verstehen, konterte Gerber. Aber er könne Sachfragen und Persönliches trennen. Die junge Frau wollte eine Anschlussfrage stellen, wurde jedoch von einem Kollegen unterbrochen.

Was er sich von einer Kundgebung im Engadin so kurz vor der Abstimmung erhoffe, wollte dieser wissen. Die Meinungen seien doch schon längst gemacht.

Er erhoffe sich gar nichts, antwortete Gerber belustigt, sondern die Engadiner. Die würden den Umzug organisieren.

«Aber sind die überhaupt für das Zentrum?», entgegnete der Journalist.

«Das nehme ich doch an. Sonst würden sie keine Kundgebung machen.» Gerber erklärte die Medienkonferenz für beendet.

Die Journalisten packten ihre Sachen zusammen. Um den Präsidenten der AlpinaInvest bildete sich eine kleine Traube von Menschen, Mikrofone wurden in der Hoffnung hingestreckt, noch etwas Exklusives zu erfahren.

Am Abend rief Flurinas Mutter an.

Wann sie wieder einmal nach Hause komme, wollte sie wissen, nachdem sie sich ausführlich über den Tod von Franziska Padrun unterhalten und Flurina ihr versichert hatte, dass alles in Ordnung und bestens sei.

Sie war dabei, ihrer Mutter zu erklären, dass ihr Zuhause in Zürich und nicht in Chur sei, als die Katzentür klapperte. Niculin war von seinem Ausflug auf der Dachterrasse zurückgekehrt.

«Nächste Woche wird dein Vater pensioniert», sagte die Mutter in die Stille hinein. Der Kater kam zu Flurina getappt, holte sich eine Streicheleinheit und sprang auf den Fenstersims.

«Ja, und?»

«Kommst du zu seiner Pensionierungsfeier?»

«Und wann soll die sein?»

«Donnerstag nächste Woche.»

Flurina schwieg.

«Überleg es dir. Ich würde mich freuen.»

«Und er?»

«Er freut sich sicher auch.»

«Das sagst du.»

«Frag ihn doch selber. Ich versteh nicht, wieso ich immer zwischen euch vermitteln muss.»

«Ich werde es mir überlegen. – Hast du übrigens von der Kundgebung gehört?» Flurina hatte keine Lust, weiter mit ihrer Mutter über ihren Vater zu diskutieren.

«Kundgebung?»

«In Sursass. Die wollen in Sursass eine Kundgebung machen nächsten Samstag. Kannst du dir das vorstellen?»

«Wegen dieses Kongresszentrums auf der Motta Lischana? Da geht doch niemand hin.»

«Das werden wir sehen.»

«Wieso? Schreibt ihr etwa darüber?»

«Nein, ich denke nicht, aber andere Zeitungen werden sicher etwas bringen.»

3

In der Teeküche traf Yvonne Lydia Schnell. Sie trug ein bordeauxfarbenes Deuxpièces und eine Perlenkette und stand vor der Küchenkombination.

«Und, haben Sie sich schon gut eingelebt?», fragte sie Yvonne über die Schulter hinweg. Yvonne sah, wie sie ein Döschen Assugrin hinter den Teebeuteln hervorkramte, zwei Stück in ihren Tee schnippte und es wieder versorgte. Offenbar war in der Teeküche der AlpinaInvest nicht alles allen zugänglich.

«Danke, bis jetzt gefällt es mir sehr gut. Der Einstieg war vielleicht ein bisschen heftig, aber …»

«Sicher, das ist nicht jedermanns – oder wie muss ich korrekt sagen, jederfraus – Sache», fiel Schnell ihr ins Wort, nahm den Teebeutel heraus und drückte ihn aus, indem sie den Faden um den Löffel wickelte. «Aber mit der Zeit werden Sie sich daran gewöhnen. Gewöhnen müssen. Bei uns sind die Entscheidungswege kurz. Dies hat den Vorteil, dass eine Idee schnell …», sie lächelte über die Anspielung auf ihren Namen, «… umgesetzt werden kann, und den Nachteil für die Ausführenden, dass die Zeit oft knapp ist».

Yvonne sah sich nicht als «Ausführende», doch sie schwieg.

«Aber das wird für Sie sicher überhaupt kein Problem sein.» Lydia Schnell nahm ihre Teetasse und ging Richtung Tür. Dabei drehte sie sich nochmals um.

«Übrigens, der Chef möchte Sie sprechen», sagte sie lächelnd und verliess die Küche. Zurück blieb der Duft von Eisenkraut.

Tobler sass hinter seinem Schreibtisch und hatte verschiedene Zeitungen vor sich liegen.

«Kompliment», sagte er. «Kein schlechtes Medienecho. Ihre Medienkontakte scheinen zu funktionieren.»

Yvonne wollte sich bedanken, doch sie kam nicht dazu.

«Nun müssen wir uns umso mehr bemühen, dieses Niveau zu halten. Die Kundgebung in Sursass muss der absolute Renner werden. Wann gab es das schon, eine grössere Kundgebung auf dem Land? Vielleicht früher im Berner Jura. Aber in Graubünden? Oder besser gesagt im Unterengadin? Das wird internationale Resonanz haben. Unsere Investoren sitzen bekanntlich nicht in der Schweiz. Deshalb hoffe ich, dass Ihre Kontakte zu den ausländischen Medien auch so gut sind wie die zu den schweizerischen.» Er schaute auf die Uhr. «Bitte entschuldigen Sie, ich muss vor zehn ein dringendes Telefonat erledigen.» Tobler griff zum Hörer. «Die Demonstrationsveranstaltung muss unbedingt positiv aufgenommen werden.» Er tippte die Nummer ein. «Aber das werden Sie bewerkstelligen. Mit Ihren Qualifikationen. – Hoi Martin. – Ja? ...» Er wandte sich ab. Yvonne blieb stehen. Er drehte sich wieder um und hielt die Hand vor die Muschel. «Ist noch was?»

Yvonne schüttelte den Kopf und verliess das Büro. Sie teilte Toblers Meinung nicht. Sie konnte sich nicht vorstellen, dass sich das Ausland für so ein Spektakel interessierte. Aber schliesslich ging es um die Abstimmung und nicht um das Renommee der AlpinaInvest. So jedenfalls hatte sie Gerber verstanden. Zielgruppe waren demnach die Sursasserinnen und Sursasser. Und nicht die ganze Welt.

Stefan sass mit Kurt auf dem Fenstersims. Sie tranken Kaffee. Er sah wieder besser aus. Als er Flurina erblickte, die soeben das Büro betreten hatte, rutschte er vom Sims herab und kam auf sie zu.

«Tut mir leid, aber ich hab's wirklich nicht geschafft gestern. Diese Grippe war hartnäckiger, als ich dachte. Zum Glück warst du da. Guter Artikel: ‹Zürcher Investmentfirma lädt zur Kundgebung ins Engadin›. Damit hast du nicht allen Freude gemacht.»

«Ist doch offensichtlich, dass die Kundgebung von Zürich aus organisiert wird. Was haben die anderen geschrieben?», wollte Flurina wissen.

Stefan hielt ihr das Konkurrenzblatt entgegen.

«Bergbevölkerung setzt sich für Strukturwandel ein», las Flurina laut vor. «Wenn die das so sehen wollen. – Ausserdem hat mir dieser Gerber zu sehr betont, wie gerne er mit Franziska Padrun zusammengearbeitet hat. Eine richtige Friedhofsrede war das.»

«Hast du gewusst, dass unsere Flu mal in Sursass gelebt hat?», sagte Kurt, der immer noch auf dem Fenstersims sass, zu Stefan.

«Falsch, in Guardaval. Liegt aber in der Nähe», korrigierte ihn Flurina.

«Sie ist eigentlich die Schwester vom Schellenursli.»

Flurina verzog das Gesicht. «Stell dir vor, Kurt, diesen Witz höre ich nicht zum ersten Mal.»

«Dann wird es dich freuen», sagte Stefan.

«Was?»

«Huber möchte, dass jemand von uns zu dieser Kundgebung fährt.»

«Seit wann interessiert der sich für Berglerkundgebungen?»

«Wenn die AlpinaInvest dahinter steckt …», antwortete Stefan.

«Und dabei haben wir sofort an dich gedacht, Flu.» Kurt zwinkerte Stefan zu.

«Kommt gar nicht in Frage. Ich muss zuerst meine Serie über junge Frauen in Führungspositionen fertig schreiben.»

«Ein Ausflug in deine alte Heimat.» Kurt schaute sie erwartungsvoll an. «Frische Luft, Berge …»

«… grüne Wiesen und Sonnenschein», ergänzte Stefan.

«Spinnt ihr? Ich werde das mit Huber besprechen.»

«Da gibt es nichts zu besprechen. Der hat bereits entschieden.» Sie grinsten.

«Ihr seid das Allerletzte.» Sie ging zu ihrem Schreibtisch.

«Was ist denn mit der los?», hörte sie Stefan Kurt fragen. Sie hatte keine Lust, darauf einzugehen.

Als Erstes streifte Yvonne ihre Schuhe ab und zog die Strümpfe aus. Der neue dicke Wollteppich im Schlafzimmer fühlte sich angenehm an unter den Füssen. Sie ging ins Badezimmer und liess ein Bad einlaufen. Dann zog sie sich aus und stieg in die Wanne. Sie gab eine Badekugel ins Wasser und beobachtete, wie sie sich langsam auflöste und kleine schäumende Krater bildete, die das Wasser blau färbten.

Ist das alles, was bleibt?, fragte sie sich. Ein bisschen Schaum? Ein bisschen Farbe? Und zum Schluss lauwarmes Wasser, das man den Abfluss hinunterliess? Sie dachte an Bruno. Wie sie ihn kennengelernt hatte. Sie waren beide bei Bekannten zum Abendessen eingeladen. Er hatte schon damals eine leichte Stirnglatze, die wegen seiner kurzen blonden Haare jedoch nicht gross auffiel. Als Jurist drückte er sich sehr präzise und wortgewandt aus. Das hatte sie fasziniert. Wie die E-Mails, die er ihr danach schrieb.

Sie hätte ihm gerne von ihren ersten beiden Arbeitstagen erzählt. Seine Meinung dazu gehört, ob sie bei der AlpinaInvest am richtigen Ort war. Aber das ging nun nicht mehr.

Sie löste die hochgesteckten dunkelblonden Haare, neigte ihren Kopf nach hinten und tauchte ihn ins Wasser, sodass nur noch ihr Gesicht wie eine Maske auf dem Wasser schwamm. Das Wasser verschloss die Ohren, doch die ersehnte Ruhe kam nicht. Im Gegenteil. Nun waren ihre Gedanken im Kopf gefangen. Wie wild gewordene Insekten flogen sie herum. Stiessen von innen an die Schädeldecke. Fliegen, die gegen ein Fenster prallten. Immer und immer wieder.

Jetzt reiss dich aber zusammen!

Sie hatte Pläne. Durfte ihr berufliches Ziel nicht aus den Augen verlieren. Sie wollte doch später einmal eine Führungsposition. Entscheidungen fällen, Verantwortung tragen. Und sie würde es schaffen, wenn nur nicht … Sie durfte nicht zulassen, dass Bruno ihre Ziele durchkreuzte, sie vom Weg abbrachte.

Yvonne hielt den Atem an, tauchte unter. Bis es ruhig wurde und die Fliegen tot waren. Und nur noch eines da war: das Verlangen nach Luft.

Sie setzte sich auf, atmete die feuchte Luft ein, die nach frisch gestrichenem Badezimmer roch.

Es klingelte an der Tür. Wer konnte das sein? Schnell zog sie einen Bademantel über. Sie hinterliess Schaumkronen auf dem Teppich. Ein dicker Mann mit Pausbacken stand vor ihr und hielt ihr einen in grellgrünes Seidenpapier eingepackten Strauss entgegen.

«Ich bringe Ihnen Blümchen.»

Yvonne schaute ihn verwundert an.

«Natürlich nicht von mir.» Er zuckte entschuldigend die Schultern.

Yvonne war sicher, dass dies sein Standardwitz war. Sie versuchte zu lächeln und schloss die Tür. Sie öffnete das Kuvert und las die Karte. Von Bruno. Er wünschte ihr viel Glück beim neuen Job. Am liebsten hätte sie dem Mann den Strauss gleich wieder mitgegeben. Sie wollte nichts von ihm in ihrer Wohnung. Nicht einmal einen Blumenstrauss.

Sie riss das Papier auf. Es waren weisse Lilien. Sie warf sie in den Abfalleimer. Doch der süssliche Geruch blieb.

4

Es war Viertel nach fünf, als sie erwachte. Ein einsamer Vogel pfiff vor ihrem Fenster. Yvonne musste an die Lilien im Abfallkübel denken und stand auf. Sie zog den Gummiring vom Sack und zerrte diesen heraus, sodass der Plastikuntersetzer scheppernd auf die Küchenfliesen fiel. Zuoberst lag die Karte. Wie eine Drohung. Ich weiss, wo du wohnst, du entkommst mir nicht.

Schnell schnürte sie den Sack zu, zog den Bademantel über, ging die Treppen hinunter und warf den Abfall in die Mülltonne vor dem Haus. Dann hielt sie kurz inne. Die Quartierstrasse wirkte verlassen. Die Vorgärten waren leer.

Die Zeitungsverträgerin kam ihr mit dem Wagen entgegen, grüsste freundlich. Yvonne schaute ihr nach.

Die Frau machte ihren Job mit einer beneidenswerten Leichtigkeit, dachte Yvonne. Legte die Zeitungen in die Milchkästen, ging zum Wagen zurück, um einen neuen Stapel zu holen. Es sah aus wie ein Ritual. Es musste sehr befriedigend sein, zu arbeiten, wenn andere noch schliefen.

Sie ging wieder in ihre Wohnung zurück. An Weiterschlafen war nicht zu denken. Sie blätterte die Zeitung durch. Nichts Interessantes. Ausser einem Inserat des städtischen Hallenbades. Das öffnete bereits um sieben. Sie musste nur noch ihren Badeanzug finden.

Das Wasser war spiegelglatt. Die schwarzen Platten, die die Bahnen markierten, zogen scharfe Linien zwischen das Hellblau. Yvonnes Ziel waren 37 Längen. Für jedes Lebensjahr eine. Das machte 1850 Meter. Bei jeder Länge versuchte sie, sich an ein wichtiges Ereignis in jenem Jahr zu erinnern.

Bei Länge sieben hatte sie ihr erstes Fahrrad bekommen. Länge zwanzig war Maturareise. Da hatte sie das erste Mal mit einem Jungen geschlafen. 27: Abschluss des Studiums an der Uni Bern und erster Job. Mit 35 hatte sie Bruno kennengelernt und sich zum ersten Mal vorstellen können, mit jemandem alt zu werden. Sie berührte mit den Fingerspitzen den Rand des Bassins, wendete und stiess sich mit aller Kraft wieder von der Wand ab. 36 ... Etwas traf sie an der Schläfe. Sie schluckte Wasser, Wasser geriet in ihre Lungen. Sie wollte husten, doch es ging nicht. Sie versuchte, Halt zu finden, aber ihre Beine strampelten ins Leere. Der türkisfarbene Boden kam näher. Die schwarzen Streifen wurden zu einzelnen Kacheln. Sie sah alles wie durch ein Vergrösserungsglas. Jede Faser, die im Wasser schwamm. Es wurde still und ruhig. Auf einmal packte sie jemand grob am Arm, zog sie weg. Sie wehrte sich und kratzte, strampelte mit den Beinen. Doch es nützte nichts. Die Hand schloss sich noch enger um ihren Oberarm.

Dann bekam sie wieder Luft. Eine weisse Gestalt tauchte vor ihr auf. Es war der Bademeister. Er reichte ihr die Hand und zog sie aus dem Wasser. Am Beckenrand schürfte sie ihre Knie auf. Sie hustete, setzte sich auf einen Startblock. Ein Mann mit Schwimmbrille hievte sich hinter ihr aus dem Bassin, kniete vor sie hin. Er schob die Brille nach oben. Diese hatte Abdrücke um die Augen hinterlassen. Auf der Brust sah man ein paar Kratzer.

«Ist Ihnen etwas passiert? Tut mir leid, ich habe Sie nicht gesehen.» Er legte ihr die Hand aufs Knie. Nahm sie jedoch schnell wieder weg, als Yvonne zusammenzuckte.

Yvonne versuchte, den letzten Rest Chlor aus dem Hals zu husten. «Danke, geht schon.»

Der Bademeister klopfte ihm auf die Schultern. «Das kann passieren. Ist ja noch mal gut gegangen.»

Sie ging zu ihrem Badetuch, trocknete das Gesicht.

Im Café sah sie den Mann wieder. Erkannte ihn an den grünen Augen. Er sah ziemlich gut aus und sass mit einem anderen am Tisch, winkte ihr zu. Sie solle herüberkommen. Sie zeigte auf die Uhr und schüttelte den Kopf. Es war bereits Viertel nach acht.

Die Sitzung hatte schon vor einer Viertelstunde begonnen. Als sie den Raum betrat, fuhr Tobler weiter, ohne sie anzusehen und seinen Vortrag zu unterbrechen. Dieter nickte ihr kurz zu. Lydia Schnell musterte ihre Haare. Sie hatte keine Zeit mehr gehabt, sie zu föhnen, und die dunkelblonden Strähnen klebten an ihrem Kopf. Sie setzte sich und legte den Notizblock vor sich hin.

«Da wir jetzt alle anwesend sind», Tobler würdigte sie nun mit einem kurzen Blick, «wollen wir nochmals die Planung für den Samstag durchgehen.»

Lydia Schnell zog die Perlen ihrer Kette durch die Finger, Dieter hing seinem Chef aufmerksam an den Lippen.

«Dieter, du unterstützt den Gemeindepräsidenten von Sursass bei seiner Rede. Ich habe hier ein paar Stichworte notiert», Tobler tippte mit den Fingerspitzen auf ein Blatt, «die gehen wir anschliessend kurz durch.»

«Selbstverständlich.» Dieter nickte ernst.

«Frau Suter, Sie kümmern sich um alle organisatorischen Belange. Zugreservation, Sesselbahn, Medienunterlagen. Frau Schnell wird sie dabei unterstützen.»

Lydia Schnell liess die Kette los und lächelte Yvonne zu.

Genau wie letztes Mal, dachte Yvonne. Doch diesmal kannst du dich nicht so leicht aus der Affäre ziehen.

«Wir können uns gleich nachher …», setzte Yvonne an.

«Leider muss ich noch kurz zu Herrn Gerber», unterbrach sie Schnell. «Er braucht meine Unterstützung in einer andern Sache.» Sie sagte es zu Tobler.

«Dann heute Nach…»

«Wenn die Damen das Terminliche bitte draussen regeln wollen, wir haben hier noch etwas zu besprechen», fiel Tobler Yvonne ins Wort. «Und ich hoffe, dass alles pünktlich über die Bühne geht.»

Lydia Schnell hatte sich in Luft aufgelöst, als Yvonne sie am Nachmittag suchte.

Du wirst dich wundern, Madame, dachte Yvonne, so schnell gebe ich nicht auf.

Sie rief den Gemeindepräsidenten von Sursass an.

Als Lydia Schnell kurz vor halb sechs in ihr Büro segelte, war alles erledigt. Die Medienmappen lagen in Sursass bereit, die Reservationen waren gemacht. Das Reminder-Mail war an die Presse verschickt. Yvonne hatte sogar noch Zeit gehabt, ein paar Journalisten, deren Erscheinen wichtig war, persönlich zu kontaktieren.

«So, das hat etwas gedauert bei Gerber, aber jetzt bin ich voll und ganz für Sie da. Das heisst, um sechs ist natürlich Schluss.»

«Das ist ausgesprochen nett von Ihnen. Aber leider sind wir schon fertig.»

Schnells Backen hingen schlaff herunter. «Wir? Und wo sind die Medienunterlagen?»

«Die liegen alle in Sursass bereit», antwortete Yvonne.

«In Sursass? Die haben Sie bereits da hingeschickt?»

«Nein, die waren schon immer da.»

«Aha? Verstehe.» Lydia Schnell sah aus, als verstehe sie überhaupt nichts. «Ja, dann geh ich mal.»

«Tun Sie das.»

5

Es war einer der letzten Spätsommertage. Der Himmel milchigblau wie trübes Glas. Ein letztes Aufbäumen, bevor sich schon bald der Nebel für ein paar Monate über die Stadt legen würde.

Kaum hatte der Zug den Bahnhof verlassen, fuhr er schon wieder in einen Tunnel. Einzelne Leuchtpunkte zogen in regelmässigen Abständen hinter dem Fenster vorbei. Flurina blätterte in der Gratiszeitung, die ihr eine junge Frau in der Bahnhofshalle in die Hand gedrückt hatte, zusammen mit einem Gutschein für eine Lesebrille.

In Iowa fiel ein Zwanzig-Kilo-Stück Eis vom Himmel, in Oak Creek machte ein quicklebendiger Jack-Russell-Terrier, der ohne Vorderbeine geboren wurde, kranken Menschen Mut, und in Rhode Island sagte Kater Oscar den Tod von Demenzkranken voraus. Auf der Inlandseite hatte es eine Umfrage zum politischen Interesse der heutigen Jugend. Weniger als die Hälfte der jungen Erwachsenen sei an Politik interessiert.

Flurina betrachtete das Balkendiagramm und stellte fest, dass sie mit ihren 36 Jahren bereits zu den Alten gehörte. Die 35- bis 45-Jährigen waren eine Kategorie. Danach kamen nur noch die 46- bis 56-Jährigen und die über 56.

Flurina dachte an ihren Vater. Sollte sie ihm nicht wenigstens eine SMS schicken und zur Pensionierung gratulieren? Gratulierte man überhaupt zu einer Pensionierung?

Sie konnte sich ihren Vater nicht vorstellen, wie er zu Hause im Wohnzimmer sass und Zeitung las. Er war doch gar nicht alt. Ging zweimal pro Woche joggen. Seit sie sich erinnern konnte, hatte er gearbeitet, ohne Unterbruch. War immer müde nach Hause gekommen. Und nun war einfach von einem Tag auf den anderen für ihn Schluss. Jetzt gehörte sie zur arbeitenden Generation. Sie und natürlich noch ein paar andere waren dafür verantwortlich, dass es mit dieser Welt vorwärtsging. Dabei fühlte sie sich gar nicht bereit dazu.

Flurina schaute aus dem Fenster. Ein silberner Schimmer lag auf dem See, der mit Möwen gesprenkelt war, das andere Ufer schien weit entfernt. Auf der Seepromenade sah sie Mütter, die ihre Kinderwagen vor sich her durch die Landschaft schoben.

Sie bereute, dass sie sich hatte überreden lassen, ins Engadin zu fahren. Sie konnte es sich nicht erklären. Es war ein Gefühl, das weder aus ihrem Bauch noch aus ihrem Kopf kam. Wie wenn ihr ganzer Körper nicht da hinwollte, und es wurde immer stärker.

Die Farbe der Hügel bleichte gegen hinten aus. Nebel hatte sich in den Baumwipfeln verfangen. Sie betrachtete das Niemandsland neben den Bahngeleisen, das sich invasive Pflanzen wie Goldraute und Sommerflieder zu eigen gemacht hatten. Kurz danach war alles ordentlich, die Hecken in den Gärten geschnitten, die Vorplätze aufgeräumt, das Holz sorgfältig aufgeschichtet. Es sah aus, als hätte man sich abgesprochen. Wie wenn Konsens bezüglich Ordnung herrschte. Ein Schweizer Über-Ich, das sagte, wie alles zu sein hatte.

Flurina stieg in Landquart in die Rhätische Bahn um. Die Plättchen der elektronischen Anzeige auf dem gegenüberliegenden Gleis klapperten. Wie müde Augenlider rieselten sie herunter. Aus der Zehn wurde eine Elf. Aus der Elf eine Zwölf. Nach der 23 kam die Doppelnull und dann nichts mehr. Der rote Zug auf dem anderen Gleis hatte sich bereits in Bewegung gesetzt. Er fuhr Richtung Davos.

Sie schaute auf den langen schwarzen Zeiger der Bahnhofsuhr. Noch zwei Minuten. Die Uhr am Perron gegenüber zeigte die gleiche Zeit. Die roten Sekundenzeiger bewegten sich im selben Takt. Einmal 360 Grad rundherum. Auf zwölf Uhr hielten sie kurz inne, machten zusammen mit den Minutenzeigern einen Sprung und glitten weiter.

Dieses kurze Innehalten sei nötig, um alle Uhren zu synchronisieren. Das hatte sie einmal gelesen. Die schnelleren wurden abgebremst, damit die langsameren aufholen konnten. Wie viele Bahnhofsuhren es wohl in der Schweiz gibt?, fragte sie sich. Und alle zeigen dieselbe Zeit? Aber vor allem: Wie lässt sich kontrollieren, ob es wirklich so ist?

Das Zugteam begrüsste die Reisenden über Lautsprecher. Der Minutenzeiger schnellte auf den nächsten Strich. Noch eine Minute. Sie hätte Zeit auszusteigen. Mit dem nächsten Zug nach Zürich zurückfahren. Oder nach Chur.

Der Sekundenzeiger näherte sich der Zwölf und stand still. Es erschien ihr wie eine Ewigkeit. Dann sprang er weiter und der Zug setzte sich mit einem Ruck in Bewegung. Flurina atmete tief durch.

Die Abfahrt hatte etwas Endgültiges, obwohl sie wusste, dass die Bahn schon bald wieder in Malans halten würde. Doch zum Aussteigen war es nun zu spät. Sie hatte in Landquart einen Entscheid gefällt, sie war in den Zug nach Sursass eingestiegen. Nun konnte sie nicht mehr zurück. Auch wenn sie wieder umkehrte. Sie war sicher, dass die Angst bleiben und vielleicht noch schlimmer werden würde.

Sie betrachtete den felsigen V-Ausschnitt, der ins Prättigau führte. Die steile Mauer am Taleingang, die mit ihren grünen Einschlüssen wie bemoost wirkte.

Ihr wurde heiss. Die Hände kribbelten. Komisch, dachte sie, ihre Tage waren doch schon vorbei. Sie stand auf, ging Richtung Toilette, hangelte von Sitz zu Sitz.

Es roch nach Metall. Durch den Ablauf der Kloschüssel sah sie den Schotter vorbeisausen. Sie dachte, sie müsse sich übergeben, aber es passierte nichts. Sie trat aufs Wasserpedal, drehte an der Kurbel für die Seife. Die ersten paar feinen Seifenraspeln fielen ins Lavabo, die weiteren in ihre Hand. Sie betrachtete sich im Spiegel. Hinter ihr sah sie das Fenster. Es war mit weisser Folie abgeklebt. Sie fragte sich, welches die Fahrtrichtung war, doch sie wusste es nicht mehr.

Flurina ging in ihr Abteil zurück, setzte sich wieder hin und versuchte, sich abzulenken. Auf der Ablage beim Fenster hatte es eine kleine Karte. Die Bahnstrecke war mit dicken Strichen eingezeichnet. Jede Ortschaft ein Punkt. Die lange gestrichelte Linie war der Tunnel. Mit einem Filzstift hatte jemand «Willst du Sex?» auf die Ablage gekritzelt. Daneben stand eine Handynummer. Flurina stellte sich Schüler vor, die mit wasserfestem Folienschreiber lachend die Nummer eines ungeliebten Kameraden aufschrieben.

In der nächsten Ortschaft hing ein riesiges Plakat über der Strasse. «Wählt Marco Cavelty in den Nationalrat!» Der Mann auf dem Foto kam ihr bekannt vor. Er war in dieselbe Schule gegangen wie sie. War zwei Jahre älter und sah aus wie fünfzig.

Es war an einem Klassenfest. Er hatte sie zum Tanzen aufgefordert. Doch kaum waren sie auf der Tanzfläche, wechselte die Musik. Sie wurde langsamer und die Tanzenden bildeten Paare. Er zog sie an sich, ganz sanft. Sie drückte ihre Nase an seine Schulter, spürte seinen Körper. «Geht es für dich?», hatte er gefragt.

Und nun hing Marco in den Strassen von Schiers. Mit Hemd und Krawatte. Flurina stellte sich vor, wie er jetzt lebte. Mit Frau und Kindern in einem schönen Haus mit Sitzplatz und grünem Rasen, die Einfahrt zur Garage zierten Kübelpflanzen.

Bei Fideris standen Schafe auf der Weide herum, daneben hatte es frisch gemähte Wiesen, die aussahen wie begraste Blöcke mit scharfen Kanten. Das Tal wurde enger, machte zu, bis nur noch Platz war für Strasse, Eisenbahn und einen kleinen Streifen Maisfeld.

Dann wurde es wieder offener. Manche Dörfer klebten auf halber Höhe am Hang, als hätten sie sich nicht entscheiden können, ob sie ganz hinauf wollten oder nicht. Andere lagen unten im Tal. Die Bahn schob sich daran vorbei, mal mittendurch, mal leicht oberhalb.

Die Schienen bogen sich so stark, dass sie die vorderen roten Wagen sehen konnte. Dann waren sie wieder verschwunden. Nach Klosters kam der Vereinatunnel. Sie stellte sich den Berg vor, der jetzt über ihr lag. Wie die Gesteinsmassen auf das Tunnelgewölbe drückten.

Die Strecke führte leicht nach links. Dann immer stärker.

War dieser Tunnel gebogen? Auf der kleinen Karte war er als gerade Linie eingezeichnet. Flurina hatte das Gefühl, dass sie in eine falsche Richtung fuhren. Mit mindestens neunzig Grad Abweichung. Dass sie der Bergkette entlang rasten, anstatt durch sie hindurch und auf der anderen Seite wieder hinaus. Sie versuchte, ihr inneres Bild um neunzig Grad zu drehen, mit der Realität oder zumindest mit der Skizze auf der Ablage in Übereinstimmung zu bringen. Doch es gelang ihr nicht.

Flurina schwitzte, schaute sich im Zug um. Sie war allein im Abteil. Nun fuhr der Zug sogar leicht abwärts.

Sie wollte gerade schreien, um aufzuwachen, da spuckte sie der Tunnel auf der anderen Seite wieder aus. Der Himmel war postkartenblau. Die Föhren leuchteten hellgrün. Die Berge reihten sich hintereinander, als wären sie aus Papier geschnitten und aufeinander geklebt.

«Prosma fermada Sagliains. Next stop Sagliains», tönte es aus dem Lautsprecher. Ihr wurde schlecht. Es war, als hätte sie die Augen geschlossen und würde sich vorstellen, dass sie rückwärtsfuhr. Und merkte nun beim Öffnen der Augen, dass sie vorwärtsgefahren war.

Sursass war die Endstation. Sie stieg aus. Ein paar Gleitschirme segelten zwischen den Bergen. Der Bahnhof lag oberhalb des Dorfes bei der Talstation der Bergbahn. Am liebsten wäre Flurina gleich in eine der Gondeln gestiegen und auf den Berg hochgefahren, sie hatte jedoch keine Lust, ihr Gepäck da hinaufzuschleppen, und wollte es zuerst ins Hotel bringen.

Sie ging an der Baustelle der Jugendherberge vorbei hinunter ins Dorf. Der Weg kam ihr kürzer vor, als sie ihn in Erinnerung hatte. Auch beim «Belvédère» wurde gebaut. Ein neuer Trakt mit Wellnessgeschoss, Lounge und zusätzlichen Zimmern. Den grossen Coop-Laden am Stradun, der Hauptstrasse, die durch Sursass führte, gab es vor 26 Jahren ebenfalls nicht.

Neu war auch die Einkaufspassage – ein Betonbau entlang

der Strasse – mit einem Café, einer Metzgerei und einer Papeterie. Obwohl die Läden über Mittag geschlossen hatten, liessen die meisten die ganze Auslage draussen. Scheinbar wurde hier nicht gestohlen.

Ihre Knie fühlten sich immer noch zittrig an. Sie setzte sich auf die schmale, zwischen zwei Gebäuden eingeklemmte Terrasse des Cafés und bestellte eine *tuorta da nusch,* ein Stück Engadiner Nusstorte, und einen Kaffee. Sie betrachtete die Berge, die da hockten, als wären sie schon immer da gewesen. Dann nahm sie die «Südostschweiz» vom Nebentisch und blätterte darin.

Eine dunkle Stimme liess sie aufblicken. Ein Mann mit Sonnenbrille liess sich schwungvoll auf der Terrasse nieder und schäkerte mit der Servierfrau. Er nahm die Brille ab und steckte sie in die Haare.

War das nicht Gian?

Nachdem die Servierfrau seine Bestellung aufgenommen hatte, schaute er zu ihr herüber. Er brauchte eine Weile, bis er sie erkannte.

«Flurina? Was machst du denn hier?»

Gian hatte damals am anderen Ende des Dorfes gewohnt. Sie konnte sich nicht erinnern, wann sie ihn zum letzten Mal gesehen hatte. Flurina war zehn gewesen, als ihre Eltern aus Guardaval wegzogen.

Zusammen hatten sie jeweils Wettfliegen mit Junikäfern veranstaltet. Gewonnen hatte derjenige, der am weitesten flog. Im Heustock übten sie Fallschirmspringen. Auch waren sie oft auf dem Dachboden, wo das alte Rossgeschirr lag und eine Holztruhe mit alten Leinensachen der Urgrossmutter. Es roch nach warmem Holz und war angenehm stickig. Dort hatte Flurina Gian das erste Mal geküsst. Sie war damals einen Kopf grösser als er und musste sich zu ihm hinunterbücken. Er stand verlegen da in den kurzen Hosen und mit den aufgeschürften Knien.

Gian kam zu ihr herüber, küsste sie links und rechts auf die Wange und setzte sich an ihren Tisch.

«Das ist lange her. Was machst du in Sursass?», wiederholte er seine Frage.

«Ich bin geschäftlich hier. Nur für ein paar Tage.»

«So, so. Geschäftlich.» Gian lachte herzlich. Er hatte immer noch dasselbe Lachen, nur die Falten waren etwas tiefer geworden und blieben auch, wenn sich sein Gesicht wieder entspannte.

«Tönt doch gut.» Nun musste auch Flurina lachen.

«*Co vaja?* Erzähl, wie geht's dir, was machst du so?»

«Ich arbeite bei einer Zeitung in Zürich.»

«Oha.»

«Und du?»

«Ich bin immer noch in Guardaval. Oder vielmehr wieder.»

«Bei deinen Eltern?»

«Die sind nach der Pensionierung ins Unterland gezogen. Du kennst doch meine Mutter mit ihrer Geissen- und Dreckphobie.»

Flurina konnte sich gut erinnern. Wenn sie bei Gian zum Abendessen eingeladen war, wurden sie immer als Erstes in die Badewanne gesteckt.

«Das wusste ich nicht, dass sie pensioniert sind.»

«Ich habe das Haus einer Tante geerbt und es umgebaut.»

«Du bist Architekt geworden?» Sie erinnerte sich, dass er schon als Kind gerne Häuser zeichnete.

«*Schi.*» Er nickte. «Du musst mich unbedingt besuchen kommen!»

Flurina dachte an Guardaval, das hoch oben am Berg lag. Zu Fuss war es etwa eine halbe Stunde steil hinauf. Doch da war noch etwas anderes.

«Ich weiss nicht recht …»

«Ich komm dich abholen. Wo wohnst du?»

«In der ‹Posta veglia›.»

«Dann komm morgen zum Abendessen.» Er stand auf, kramte zwei Zweifränkler aus der Hosentasche und legte sie neben die leere Espresso-Tasse. «Ich hole dich um sieben ab. – Falls was ist …» Er streckte ihr eine Visitenkarte hin.

«ARCHITECTURA VITAL» stand darauf. Als sie wieder aufblickte, war Gian bereits um die Ecke verschwunden.

In der «Posta veglia» roch es nach Arvenholz und Stumpenrauch. Um den runden Tisch in der *stüvetta* sassen ein paar Männer und qualmten vor sich hin. In der Mitte thronte ein riesiger Aschenbecher, der mit einem Steinbock verziert war. An den Wänden hingen Gemsgeweihe.

Die Frau hinter der Theke, die zugleich Ausschank und Réception war, kam Flurina bekannt vor. Sie notierte etwas auf einen Zettel. Sie trug eine Engadinertracht, einen blutroten Rock mit weissen Rüschen an Hals und Ärmeln und eine schwarze, mit farbigen Blumen bestickte Schürze. Die roten Haare hingen ihr ins Gesicht.

Das konnte nur Adelina sein. Flurina hatte sie am Telefon nicht erkannt. Sie waren zusammen in die Primarschule gegangen. Offenbar hatte sie das Hotel ihrer Eltern übernommen.

Sie blickte auf. «*Buna saira,* was kann ich für Sie …?» Sie hielt einen Moment inne. «Die Flurina! Ich habe mich noch gefragt, ob du das bist, aber erst, als ich den Hörer schon aufgelegt hatte. *Cordialmaing bainvgnüda!*»

Sie kam um die Theke herum und drückte Flurina an sich. «Das ist eine Überraschung! Du bist sicher wegen der Kundgebung hier. Aber wieso übernachtest du im Hotel? Und gehst nicht zu deiner Grosstante? Kann ich dir mit dem Gepäck helfen?»

Flurina wusste nicht, welche Frage sie zuerst beantworten sollte. Sie begann mit der letzten. «Nein, das ist alles.» Flurina deutete verlegen auf ihre Tasche.

«Komm, ich zeige dir das Zimmer.» Adelina ging voraus die Treppe hoch, die in den Anbau führte. Das Zimmer war im obersten Stock in der Dachschräge. Durch das Fenster sah man direkt in den Himmel. Auf dem Tisch hatte es einen Strauss mit violetten Glockenblumen. Davor stand ein Arvenstuhl mit abstehenden Beinen.

«Ist das in Ordnung?», fragte Adelina.

«Ja, klar. Kann ich hier irgendwo ins Internet?»

«Im Hotel leider nicht. Aber es hat ein Internetcafé. Die *glatscharia* am Eingang des Dorfes. Da kannst du surfen.» Adelina drückte ihr den Schlüssel, an dem ein holziges Postauto hing, in die Hand.

«Abendessen gibt's ab halb sieben, Frühstück ab sieben. Ich muss jetzt leider wieder runter. Das Essen vorbereiten. Aber wir haben sicher einmal Zeit *per üna pitschna baderlada,* für einen kleinen Schwatz. Du musst mir alles erzählen. Schliesslich haben wir uns mehr als 25 Jahre nicht mehr gesehen.»

Sie ging aus dem Zimmer und schloss leise die Tür.

Mehr als 25 Jahre, ging es Flurina durch den Kopf. Jetzt gab es bereits Ereignisse, an die man sich gut erinnern konnte und die ein Vierteljahrhundert zurücklagen.

Sie schaute auf die Uhr. Es war kurz vor vier. Sie könnte Florin, den Mann von Franziska Padrun, besuchen und ihm ihr Beileid aussprechen. Flurina verstaute ihr Gepäck im Wandschrank und bat an der Réception um ein Telefonbuch.

Die Padruns wohnten in einem alten Engadinerhaus. In die dicke speckige Fassade waren kleine quadratische Fenster wie Schiessscharten eingelassen. Im ersten Stock hatte es einen winzigen Balkon mit Holzgeländer. Die Eingangstür war Teil eines grossen hölzernen Tors. Der Vorplatz wurde durch ein Mäuerchen abgegrenzt, auf dem eine Holzplatte angebracht war, die als Sitzbank diente. Der Zufahrtsweg war mit runden Steinen gepflastert.

Flurina sah zwei Männer vor dem Eingang stehen. Der eine schüttelte dem anderen die Hand und klopfte ihm gleichzeitig leicht auf die Schulter. Sie kam näher und hörte noch ein «*Chau, sta bain*». Florin war dabei, wieder ins Haus zu gehen, als er sie sah. Er hielt inne und kam auf Flurina zu.

Er war etwas über vierzig, seine dunklen Haare von ein paar Silberstreifen durchzogen. Der Schnauz kaschierte eine Hasenscharte. Sie begrüssten sich, und Flurina sprach ihm ihr Beileid aus.

«Schon lange her, dass deine Eltern weggezogen sind», bemerkte Florin. Er seufzte und schaute in die Weite. «Ja, ja, die Zeit vergeht», fuhr er fort. Dann schien er sich wieder gefasst zu haben. «Aber komm doch ins Haus.»

Flurina hatte ihn lebendiger in Erinnerung. Aber das lag vielleicht an der Trauer.

Im *sulèr*, dem grossflächigen Vorraum, den es in den meisten Engadinerhäusern hat und der früher als Abstellraum für Gerätschaften, Wagen und Schlitten diente, war es düster. In einer Ecke lag etwas Dunkles, das sich erhob. Vor Flurina stand ein grauer Hund mit mattem Fell, dessen Schnauze ihr bis ins Gesicht reichte. Sie erschrak, doch das Riesenvieh schien es nicht böse zu meinen. Es wedelte mit dem Schwanz.

«Komm, Rex, mach Platz. – Er ist ganz brav. Nur etwas gross. Ein irischer Wolfshund.» Florin schien es gewohnt zu sein, über seinen Hund Auskunft geben zu müssen.

Flurina stellte sich Niculin in dieser Grösse vor. Kein angenehmer Gedanke, wenn er jeweils seine schwierigen fünf Minuten hatte und alles angriff, das sich nur leicht bewegte. Wie zum Beispiel ihre Füsse. Sie musste nachher Frau Berger anrufen. Wissen, ob alles in Ordnung war.

In der niedrigen Stube sassen zwei Mädchen am Tisch und malten. Die Kleinere stand auf und nahm Flurina bei der Hand. «Schau mal, meinen Schmetterling.»

Flurina schaute auf den hellblauen Sommervogel. «Der ist aber schön. Hast du den ganz alleine gemalt?» Die Kleine nickte eifrig, währenddem die Ältere auf das Blatt ihrer kleinen Schwester schielte und den Mund verzog.

«Sie ist überzeugt, dass Franziska *ün splerin*, ein Schmetterling, ist», sagte Florin. «Möchtest du ein Glas Wasser?» Flurina nickte und sah das Bild genauer an. Der Schmetterling sass auf einer gelben Blume. Unten im Bild hatte es etwas, das aussah wie ein Wurm oder ein Raupe. Weiter hinten stand eine Frau mit schwarzen Haaren. «Und wer ist das?», fragte Flurina. Die

Kleine kletterte auf den Stuhl nebendran und betrachtete das Bild.

«Das will sie nicht sagen», maulte die Ältere, ohne von ihrer Zeichnung aufzusehen. Sie legte den Kopf zur Seite und malte weiter. Ihre Zunge bewegte sich im Rhythmus des Farbstiftes. «Wahrscheinlich weiss sie es selber nicht. Irgendeine Fee oder sonst was.»

«Ist das eine Fee?», fragte Flurina die Kleine. Das Mädchen zuckte mit den Schultern.

«Lea denkt sich immer so komische Geschichten aus.»

«Madlaina, beklagst du dich über deine kleine Schwester?» Florin kam mit zwei Gläsern und Wasser herein.

«Die mit ihren Geschichten», sagte Madlaina abschätzig, nahm einen neuen Papierbogen und begann zu malen.

Lea schaute ihren Vater traurig an.

Gleich wird sie losheulen, dachte Flurina.

Florin nahm sie auf den Arm. Sie weinte nicht.

Flurina wusste nicht recht, wie sie beginnen sollte. Fragte man jemanden, der vor ein paar Tagen seine Frau verloren hatte, wie es ihm ging? Es war doch klar, dass es ihm nicht gut gehen konnte. Aber nicht zu fragen, wäre auch seltsam. Das könnte fehlende Anteilnahme bedeuten und den anderen kränken. Sie merkte, wie er ihr fremd geworden war. Sie brachte den ruhigen Mann von heute nicht mehr mit dem quirligen Siebzehnjährigen zusammen.

Nach Worten suchend, sah sie sich in der Stube um. Der Raum war niedrig. Auf der Ofenbank lag eine gestrickte Decke. Oberhalb des Ofens hatte es eine Falltür, die in die Schlafkammer führte und im Winter jeweils die warme Luft in den oberen Stock liess.

Auf dem Ofen stand ein Bild. Franziska Padrun, die an eine Steinmauer lehnte, dahinter Zedern. Lea musste sie beobachtet haben. Sie kraxelte ihrem Vater vom Schoss, holte das Bild und streckte es Flurina entgegen.

«Das war letztes Jahr in der Toscana», sagte Florin. «Wir waren zwei Wochen mit dem Auto unterwegs. Unsere ersten Ferien ohne die Kinder. Es war wunderschön.»

Lea fuhr mit der Hand über das Foto. Sie hatte Nagellackreste auf dem kleinen Finger. Flurina betrachtete das Bild. Franziska Padrun schaute direkt in die Kamera. Stark, selbstsicher. Und irgendwie wissend. Ob sie geahnt hatte, als Florin dieses Foto von ihr machte, dass es einmal als Trauerfoto auf dem Ofen stehen würde?

«Hat sich der Fahrer nicht gemeldet?», fragte Flurina.

Florin schüttelte den Kopf. «Weisst du, manchmal frage ich mich, ob es jemanden gibt, der solche Dinge plant. Der die Handlungen von zwei Menschen zusammenführt, sie koordiniert, dass sie sich an einem Punkt treffen. Dass gerade dann, wenn jemand die Strasse überquert, ein Auto vorbeifährt. Und dass nichts dazwischenkommt. Hätte ich Franziska angerufen, sie wäre stehen geblieben und ...» Er nahm ein Taschentuch aus dem Hosensack und schnäuzte sich.

Flurina fühlte sich beschämt. Was machte sie hier? Drang ins Privateste ein, was es gab, eine Trauerfamilie. Stellte blöde Fragen. Madlaina warf ihr einen misstrauischen Blick zu.

«Ich gehe besser wieder», sagte Flurina und leerte das Glas.

Florin widersprach ihr nicht. Die Kleine tanzte um sie herum, dann entdeckte sie den Hund im Gang, legte sich auf ihn und schlang die Ärmchen um seinen Hals.

«Ich weiss nicht, ob wir ihn behalten können», sagte Florin

leise zu Flurina. «Er kann nicht den ganzen Tag allein sein. Um die Kinder kümmert sich eine Bekannte, wenn ich wieder arbeiten muss.»

Die kleine Kinderhand strich über das raue Fell, dann streichelte sie seine Ohren.

«Das mag er nicht», sagte Madlaina, die unter der Stubentür stand. Ihr Vater warf ihr einen bösen Blick zu.

Zum Glück werde ich morgen wieder abreisen, dachte Flurina, als sie vor dem Haus stand. Sie hatte hier nichts verloren.

Auf dem Balkon oben stand der Hund, stützte seinen Kopf aufs Geländer und schaute zu ihr herunter.

Im Speisesaal roch es nach geschmolzenem Käse. Flurina setzte sich an einen Tisch am Fenster. Kaum hatte sie sich gesetzt, kam Adelina mit der Suppe.

«Du warst heute Nachmittag bei Florin?», fragte sie, als sie den Teller vor ihr platzierte.

Es erstaunte Flurina nicht, dass sich das bereits herumgesprochen hatte. «Ja, wieso?»

«Du bist nicht nur wegen dieser Kundgebung hier.»

«Wie kommst du jetzt darauf?»

«Du wolltest doch schon früher immer alles genau wissen. – Ich hab was für dich.» Sie schaute sich um. «Aber nicht hier. Morgen Vormittag habe ich Zeit. Begleitest du mich? Ich gehe mit den Kindern zum Lai da Spera.»

«Kinder?»

«Ja, Albin und Maya, habe ich das nicht gesagt?»

«Nein.» Flurina war erstaunt. Aber wieso? Weil sie sich die kleine Adelina nicht mit Kindern vorstellen konnte? Schliesslich führte das kleine Mädchen von damals auch ein Hotel.

«Ja, machen wir. Ich muss nur bis Mittag zurück sein. Die Kundgebung.»

«Ingün problem. Bun appetit!» Adelina zwinkerte ihr zu.

Flurina konnte lange nicht einschlafen. Es war die Stille. Sie war es nicht mehr gewohnt, nichts zu hören. Die Ruhe rauschte in den Ohren.

Als sie endlich eingeschlafen war, träumte sie wieder von einem Nachtfalter. Diesmal sass er auf einer gelben Blume. Leas Blume?

Schweissüberströmt wachte sie auf. Ihr Herz klopfte. Das war nur die Höhe, versuchte sie sich zu beruhigen. Oder die Pizzoccheri, die ihr schwer auf dem Magen lagen. Die Teigwaren aus Hartbuchweizen wurden mit viel Butter und fettem Bergkäse serviert. Sie hätte den Nachschlag ablehnen sollen, den ihr Adelinas Mann angeboten hatte.

6

Sie fuhren mit dem Auto ins Tal, über den Fluss und die andere Talseite hoch Richtung Spera. Vorbei an Hotels, die wie Märchenschlösser aussahen, vorbei an giftgrünen Golfplätzen. Überall waren Schilder aufgestellt, die vor Golfbällen warnten.

Im Engadin war es wahrscheinlicher, von einem Golfball erschlagen als von einem Bären gefressen zu werden, dachte Flurina.

Oben tauchte das Schloss auf.

«Das kannst du kaufen, für zwei Millionen», sagte Adelina.

«Wie viel sind zwei Millionen?», fragte Albin vom Rücksitz.

«Das ist eine zwei mit – sechs Nullen», gab seine Mutter zur Antwort.

«Das hat doch diesem Typ mit dem Mundwasser gehört. Odol war das. Der hat es für einen Spottpreis gekauft. Ich glaube, das waren 20 000 Franken. – Aber was soll ich mit so vielen Zimmern?», fragte Flurina.

«Keine Ahnung. Möchtest du denn keine Kinder?»

Flurina sah Adelina an. Diese schaltete vor der nächsten Kurve einen Gang herunter. «Schau nicht so. Das war ein Witz.»

«Ein Witz!» Albin kicherte und stiess seine Schwester in die Seite.

«Ich habe deine Witze schon früher nicht verstanden.» Flurina kurbelte das Fenster herunter.

«Liegt vielleicht an den roten Haaren», sagte Adelina.

«Was?»

«Eben.» Adelina parkte den Wagen vor einem Restaurant mit Sonnenschirmen und Plastikstühlen. Hoch oben sass das Schloss auf dem Felsen, umgeben von Lärchen.

Flurina schaute ins Tal und atmete tief durch. Auf halber Höhe waren die Berge beinahe erträglich.

«Was ist, hast du den Höhenkoller?» Adelina öffnete die hintere Tür, die mit Kindersicherung ausgestattet war. Die beiden purzelten heraus und liefen Richtung See.

«Nein, habe schlecht geschlafen.»

«Ist dir Andris Essen nicht bekommen?»

«Doch, doch. War vielleicht etwas schwer.»

«Du hast die Berge nie gemocht.»

«Stimmt, sie nehmen einem die Aussicht. Aber wenn man oben ist, dann ist's okay.»

«Ich kann mich genau erinnern, du hast dich so gefreut, als deine Eltern sagten, dass ihr nach Chur ziehen würdet.»

«Aber nur, bis ich gemerkt habe, dass es dort auch Berge hat. – Und du warst beleidigt.»

«Du warst meine beste Schulfreundin! Und hast dich nie mehr gemeldet.»

«Das sagst gerade du.»

«Ich bin auch nicht fortgegangen.»

Albin und Maya waren am Ufer angekommen und spritzten sich an.

Die beiden Frauen gingen zu den Bänken, die in Ufernähe standen.

«Bist du glücklich in der Stadt?», fragte Adelina.

«Was heisst schon glücklich. Ich glaube nicht, dass Glück ein dauerhafter Zustand ist. Es sind diese kurzen Momente, in denen du weisst, das ist jetzt das Glück. Doch dann sind sie auch schon wieder vorbei. Und du?»

«Ehrlich gesagt, fehlt mir die Zeit für solche Gedanken. Wenn du Kinder hast und ein Hotel, dann fragst du dich nicht, ob du nun glücklich bist oder nicht. Da weint ein Kind, ein Gast möchte bezahlen. – So wie jetzt.»

Maya kam weinend angerannt. «Albin hat mich angespritzt!» Sie drückte sich mit den nassen Kleidern an Adelina.

«Ist schon gut. Das ist nur Wasser und trocknet wieder.»

Flurina beobachtete die beiden. Es war ein schönes Bild. Adelina sah auch ohne ihre Arbeitstracht sehr weiblich und mütterlich aus mit den kräftigen Oberarmen und den vollen Brüsten.

War das die Lösung? Kinder zu haben, damit man nicht mehr über das Leben nachdenken musste, damit man sich erwachsen fühlte?

«Fühlst du dich erwachsen?», fragte sie Adelina.

«Du stellst vielleicht Fragen.» Sie zog Maya das nasse T-Shirt über den Kopf.

«Ich bin 36 und weiss immer noch nicht, wo es langgeht», sagte Flurina.

«Mit Kindern musst du so viel entscheiden.» Adelina machte eine kurze Pause und überlegte. «Ja, du musst wissen, wo es langgeht. Und wenn du es nicht weisst, dann musst du so tun, als ob du es wüsstest. Aber ob das etwas mit Erwachsensein zu tun hat …?»

«Es ist also eine Illusion.»

«Was?»

«Es ist niemand erwachsen. Alle tun nur so.»

«Genau!» Adelina zog ihr das Kopftuch ins Gesicht.

Flurina musste lachen. «Was wolltest du mir erzählen? Das tönte ziemlich geheimnisvoll.»

«Maya, geh wieder mit deinem Bruder spielen. Er wird dich nicht mehr anspritzen. Versprochen, Albin?», rief sie dem Jungen zu.

«*Schi, mamma*», antwortete der Kleine.

«Also», begann Adelina, als Maya ausser Hörweite war, «aber das ist reiner Dorftratsch.»

«Nur zu, ich liebe Tratsch.»

«Zwischen Florin und Franziska stand es nicht zum Besten.»

«Wo steht es das schon. Die einzige Beziehung, die ich kenne und die schon seit Längerem einigermassen funktioniert, ist die meiner Eltern.»

«Aber Franziska und Florin hatten es wirklich nicht gut. Sie war eine dieser Frauen, die auf Kosten der Männer Karriere machen.»

«Na hör mal! Wie viele Männer machen auf Kosten ihrer Frauen Karriere?»

«Es umzudrehen, macht es nicht besser», sagte Adelina scharf.

«Wir haben einiges an Nachholbedarf!»

«Wir?» Sie schüttelte den Kopf. «Er hat alles gemacht. Das Geld nach Hause gebracht, die Kinder versorgt. Und sie war die grosse Politikerin. Der hat sicher auch noch geputzt. Und dann kamen diese Anfeindungen dazu.»

«Was für Anfeindungen?»

«Franziska wurde doch ständig angeschossen. Nicht nur in den Medien. Auch hier. Muss ziemlich übel gewesen sein. Sie hat nie offen darüber gesprochen, aber man munkelt so einiges. Das war sicher auch für die Beziehung sehr belastend, stelle ich mir vor.»

Flurina wollte etwas entgegnen, doch Adelina hielt den Zeigefinger vor den Mund. Maya kam mit etwas Braungrünem in der Hand auf sie zu.

«*Ruos-ch, mort.* Frosch, tot», sagte sie nur.

Adelina kniete sich zu ihr nieder. «Ach der Arme. Komm, wir vergraben ihn, da bei den Seerosen.»

Flurina beobachtete, wie Adelina mit dem Schuh eine Kerbe in den sumpfigen Boden riss. Sie nahm Maya das Tier aus der Hand, legte es hinein und schaufelte mit dem Fuss Erde darüber. Dann ging sie mit der Kleinen zum Wasser und wusch ihr die Hände.

«Und er hat sich getröstet», fuhr sie weiter, als sie zurückgekommen war, wie wenn sie das Gespräch nie unterbrochen hätte, und strich die nassen Hände an den hinteren Taschen ihrer Jeans ab.

«Was?»

«Er hatte eine Affäre, sagt man im Dorf.»

«Mit wem?»

«Das wissen die Steinböcke.»

«Komm, sag schon!

«Da musst du selber draufkommen.»

«Apropos Steinböcke. Gian hat mich heute zum Abendessen eingeladen.»

«Dein Gian?»

Flurina nickte.

«Na dann, viel Spass. Er ist übrigens seit Kurzem wieder zu haben. Hat sich vor ein paar Monaten von seiner Freundin getrennt», sagte Adelina verheissungsvoll.

«Das nenn ich Timing.»

«Auf jeden Fall entgehen dir Andris *plain in pigna* heute Abend.»

«Das ist aber schade.» Flurina mochte das Gericht, eine im Ofen gebackene Rösti mit Speck und Schinken.

«Aber Gian wird dir auch etwas Gutes kochen. Da bin ich sicher.»

Der Festzug, der sich auf dem Stradun Richtung Zentrum bewegte, kam nur langsam vorwärts. Zuvorderst lief ein Mann mit rot kariertem Hemd. Er hielt einen Esel an der Leine, neben dem ein Fohlen trippelte. Dahinter schritt der Gemeindepräsident von Sursass.

Auf der Terrasse des «Belvédère» sassen Touristinnen und Touristen. Eine dicke Frau mit weisser Haut und rotem Nicki-Kopftuch zog einen Fotoapparat aus der Tasche, ging am Strassenrand in die Hocke und versuchte, den jungen Esel zu fotografieren, was ihr nicht gelang, da der Kleine immerzu hinter seiner Mutter herumtänzelte.

Hotelgäste standen auf Balkonen, die mit Petunien dicht behangen waren, und betrachteten das Treiben unten auf der Strasse.

Yvonne ging etwa in der Mitte des Zuges. Sie trug Jeans und eine Dächlikappe, Tobler Manchesterhosen und ein Polo-Shirt. Sie hatte ihn auf dem Bahnhof in Zürich beinahe nicht erkannt.

Er war immer noch sauer. Ihr Vorgehen sei eigenmächtig gewesen, hatte er gesagt. Dass sie sich ohne Rücksprache mit dem Gemeindepräsidenten von Sursass kurzgeschlossen und mit ihm zusammen die Medienunterlagen erstellt hatte. Auch ging ihm nicht in den Kopf, dass die AlpinaInvest nirgends erwähnt wurde. Ob sie noch nie etwas von Branding gehört habe. Für die AlpinaInvest sei es ausserordentlich wichtig, dass ihr Name mit dem Zentrum in Verbindung gebracht werde. Auf Yvonnes Argument, dass Gerber gesagt habe, man solle sich bei der Kundgebung zurücknehmen, ging er nicht ein. Klar hätte sie ihn informieren müssen, aber er war nicht erreichbar. Von der fehlenden Unterstützung der Schnell sagte sie nichts.

Es war ein strahlend schöner Tag. Oben auf den Gipfeln hatte es ein paar vereinzelte Schneeresten. Im hellblauen Himmel hingen ein paar fasrige Wolken. Es erinnerte Yvonne an die Postkarten aus den 60er-Jahren mit den übersteuerten Farben.

Sie liefen der Hauptstrasse entlang das ganze Dorf hindurch, überquerten eine kleine Brücke, die über den Fluss führte, und gingen dann ein gepflastertes Strässchen parallel zum Stradun, wieder Richtung Bahnhof zurück.

Yvonne betrachtete die Sgraffito-Verzierungen an den Häusern, eine uralte Engadiner Ritztechnik, bei der Ornamente oder Muster in den noch nassen Verputz gekratzt wurden. Ein Haus war mit farbigen Ranken und Blumenmustern bedeckt, auf einem anderen hatte es fischartige Fabelwesen. Von einem winkte eine prallbrüstige Seejungfrau. Ein Haus befand sich im Umbau. Es war total ausgehöhlt. Mit seinen dicken Mauern wirkte es wie ein weisses Lebkuchenhaus. Das schwere Dach schien darüber zu schweben.

Beim Rohbau der Jugendherberge bog der Umzug rechts ab Richtung Bergbahn. Yvonne blickte zur Motta Lischana hinauf. Lärchen bildeten einen satten Kranz, oben war der Berg nackt. Die roten Gondeln fuhren in gleichmässigem Tempo hinauf.

Eigentlich schade, dachte sie, auf diesen Berg ein Kongresszentrum zu stellen. Auch schien es ihr verantwortungslos, in die Wiesen hinein Zufahrtsstrassen zu bauen, ohne die es wohl kaum gehen würde.

Vor der Station der *pendicularas*, der Gondelbahn, hatte sich eine lange Schlange gebildet. Vom Mann mit den Eseln sah sie nichts mehr. Am Gebäude war neben Werbeplakaten ein Merkblatt angeschlagen mit Verhaltensregeln, falls man einem Bären begegnen sollte. Yvonne las es aufmerksam durch. Man solle in einem Bärengebiet am besten singen, um die Bären fernzuhalten, und falls man von einem Raubtier bemerkt würde, sich als Mensch zu erkennen geben.

Die Leute schoben sich die Metalltreppe hoch, vorbei am Mann im Kassahäuschen, der sie mit einem freundlichen *«allegra»* begrüsste. In der Mitte des Raumes drehten sich drei riesige gelbe Räder. Die Gondeln kamen hereingeschwebt, drehten auf einer vom Seil abgekoppelten Schiene gemächlich eine Runde, dann öffneten sich die Türen. Yvonne konnte sich noch rechtzeitig zu einem älteren Mann setzen, bevor sich die Gondel mit einem lauten Klack schloss. Langsam fuhren sie Richtung Ausgang. Dann wurde die Gondel vom Zugseil erfasst und verliess schwungvoll die Station.

Die Bahn schwankte leicht. Das Klappern, wenn sie auf der Höhe eines Mastes waren, erinnerte Yvonne an einen Skilift. Als Kind hatte es sie fasziniert, wie die Bügel kleinen Tieren gleich eine Runde drehten, dann den Kopf ausstreckten, um die Skifahrer mit langem Hals den Berg hochzuschleppen. Oben im Bergrestaurant, wo es nach Pommes frites roch, hatte es jeweils ein Rivella gegeben. Sie wusste noch genau, wie mühsam es war, wenn man danach aufs Klo ging, in den schweren Skischuhen und im ganzen Skianzug. Zuerst musste man das Oberteil aufknöpfen, aus den Ärmeln schlüpfen und das Ganze so zusammenrollen und über den Po streifen, dass es beim Hinsetzen nicht den Boden berührte. Und wie stolz sie jeweils ihrem Vater hinterhergefahren war, mit dem Ziel, auch so elegant wie er die Piste hinunterwedeln zu können.

Aussen an den Gondeln waren verschiedene Werbetafeln angebracht. «Snow now» stand auf einer. Eine Werbung für die Schneekanonen.

«Sie sind nicht von hier», sagte der Mann, der ihr gegenübersass. Er hatte ein faltiges, braun gebranntes Gesicht und schaute sie mit aufmerksamen Augen an. «Nein, ich bin aus Zürich.»

«*Üna da cità.*»

«Wie bitte?»

«Eine Städterin.»

«Aber Sie sind von hier.»

«Aus Spera. Das ist auf der anderen Talseite.» Er deutete zum Berg gegenüber. «Bin schon da geboren. Habe ein Malergeschäft.»

«Sie arbeiten immer noch?» Der Mann musste weit über siebzig sein.

«Solange ich mag, mach ich weiter. Von meinen Söhnen wollte keiner das Geschäft übernehmen. Der eine lebt in Chur, der andere in Basel. Wie soll man die Jungen hierbehalten? Ich verstehe es ja, wenn sie wegziehen. Aber schade ist es. Wer übernimmt einmal das Haus, wenn ich nicht mehr da bin?»

Yvonne schaute nach unten. Eine Ziegenherde lief kleinen, ausgetretenen Pfaden entlang, die sich wie Höhenkurven um den Berg legten.

«Vielleicht bringt ja dieses Zentrum etwas. Wieder ein paar Arbeitsplätze mehr», fügte er an.

Unten fuhren ein paar Kinder mit dreckverschmierten Leibchen auf gelben Trottinetts den Hang hinunter.

Dann näherte sich die Gondel einem dunklen Loch. Die Tür sprang auf. Yvonne stolperte beim Aussteigen.

Auf dem Berg wehte ein frischer Wind.

«Möchtest du etwas Sonnencreme?», fragte Dieter, der auf einer Holzbank Platz genommen hatte und sein fettglänzendes Gesicht gegen die Sonne hielt.

«Danke, ich habe schon», sagte Yvonne, obwohl sie vergessen hatte, sich einzucremen. Sie konnte sich nicht vorstellen, eine fremde Creme auf ihr Gesicht zu schmieren.

Yvonne ging zur Informationstafel, die mitten auf einer mit Enzianen und Alpenveilchen bedeckten Wiese stand. Weiter oben war das Gras bereits strohig gelb. Der Berg dahinter war grünlich und mit Flüssen durchbrochen, die aussahen wie Tränenrinnsale.

Die Leute versammelten sich um den Gemeindepräsidenten, der auf einem Stein stand. Es roch nach Feuerstelle. In einer Mulde lag verkohltes Holz. Yvonne stocherte mit ihren Wanderschuhen, die sie speziell für diesen Anlass gekauft hatte, darin herum.

«*Quai d'eiran quists da la bassa*», hörte sie eine Frau hinter sich sagen. Sie trug eine Jeans und einen Kunstfaserpullover.

Yvonne schaute die Frau fragend an.

«Das waren diese Unterländer. Haben die Informationstafel abgefackelt.»

«Unterländer?»

«Von Zürich sind die. Haben sich in Nival niedergelassen. Eigentlich ganz nette Leute. Aber dann haben sie sich vehement gegen das Zentrum gewehrt. Zusammen mit dieser grünen Politikerin. Die ist nun tot. Tragisch. Sie haben sicher davon gehört.»

Yvonne schaute ins Tal hinunter. Alles sah so friedlich aus. Vom Hang gegenüber hörte man das Gebimmel von Kuhglocken. Ein Gleitschirmflieger verschwand hinter den Tannen. Sie hatte nicht mitbekommen, dass der Gemeindepräsident bereits zu sprechen begonnen hatte.

Flurina hatte den Demonstrationszug aus der Ferne beobachtet. Sie hätte es seltsam gefunden, als Medienvertreterin in den Reihen der Demonstrierenden mitzumarschieren, wie dies ihre Kollegen taten, und damit Teil einer Kundgebung zu sein, deren Ziel sie nicht unterstützen konnte. Es waren vor allem Journalisten und Leute aus Zürich dabei, die sie bereits an der Medienkonferenz gesehen hatte. Einheimische hatte es auch, aber die waren in der Minderheit.

Sie war mit zwei anderen Journalisten in der Gondelbahn den Berg hochgefahren. Es war heiss, und der eine hatte eine unangenehme Ausdünstung. Sie schrieben für irgendwelche Bündner Lokalblätter und teilten Flurinas Meinung nicht, dass die ganze Kundgebung eine Farce war. Sie waren überzeugt, dass es ein Anliegen der Bergbevölkerung war, dieses Zentrum zu bauen. Und sie fanden Flurinas Haltung arrogant. Die Bergbevölkerung lasse sich nicht für dumm verkaufen und von den Unterländern bevormunden. Das sei eine typisch städtische Haltung. Man würde nicht denken, dass sie von hier oben stamme. Flurina war froh, als sie die

Bergstation erreichten und die Gondel im Betongebäude verschwand.

Der Gemeindepräsident von Sursass hatte soeben zu sprechen begonnen. Ein Mann Anfang vierzig. Der Einzige, der eine Krawatte trug. Er sprach von «Brain Drain», von der Abwanderung von gut ausgebildeten jungen Leuten, die man stoppen müsse. Dass so ein Zentrum mit Hotel, Wellnessangebot, Restaurants und sogar kleinen Läden Arbeitsplätze in den verschiedensten Bereichen schaffe. Es sollten wieder junge Familien angezogen werden, damit nicht noch mehr Schulen schliessen müssten. Schliesslich wolle man nicht zu einem Engadiner Ballenberg werden. Die AlpinaInvest erwähnte er nur am Rand.

Kein schlechter Schachzug, dachte Flurina. Die Investmentfirma trat sozusagen under cover auf. Dies war wohl auch der Grund, wieso sie Gerber nirgends sehen konnte. Die Medienunterlagen stammten ebenfalls von der Gemeinde Sursass, obwohl Flurina hätte wetten können, dass sie aus der Küche der AlpinaInvest kamen. Oder war sie nun wieder unverschämt, weil sie dem Bergvolk nichts zutraute?

Der Gemeindepräsident war mit seiner Rede zu Ende. Es wurde begeistert geklatscht. Er stieg vom Stein herunter und war umgehend von Journalisten umringt.

«Das tönt alles schön und gut …», sagte eine junge Journalistin mit rotem Mikrofon, «… dass man die jungen Leute hier oben behalten möchte. Aber wieso braucht es dieselbe Infrastruktur wie in der Stadt? Auf mich wirkt das alles etwas überdimensioniert. Wäre es nicht sinnvoller, ein solches Zentrum an einem Ort zu bauen, der verkehrstechnisch bereits gut erschlossen ist?»

«Sie haben vollkommen recht! Ein solches Zentrum muss gut erschlossen sein. Auch mit den öffentlichen Verkehrsmitteln. Dies ist seit dem Bau des Vereinatunnels gewährleistet. Wir haben einerseits die rollende Strasse und dann noch die Kapazitäten für den Personenverkehr. Einen gewissen Mehrverkehr wird es sicher geben. Aber die meisten Dörfer haben bereits eine Umfahrung», antwortete der Gemeindepräsident von Sursass.

«Die meisten, aber nicht alle», rief ein älterer Mann dazwischen. «Und wie kommt man auf den Berg? Sicher nicht mit der Gondelbahn!»

Der Präsident ging nicht auf die Zwischenbemerkung ein.

«Wie verträgt sich ein solches Zentrum mit dem Gedanken des Nationalparks? Auf der einen Seite möchte man die Natur möglichst bewahren, auf der anderen Seite Grossveranstaltungen durchführen.»

«Es handelt sich hier nicht um wirkliche Grossveranstaltungen oder publikumsintensive Veranstaltungen. Wir planen schliesslich keine Skirennen oder andere Sportanlässe. Auch gibt es keine Einkaufstempel, wie das im Unterland bei solchen Projekten üblich ist. Wir wollen auch kein zweites Samnaun werden. Ganz im Gegenteil. Die Kongressteilnehmer, die zu uns kommen, sollen sich in einer intakten Umgebung zu Hause fühlen können.»

«Stimmt es, dass man das WEF von Davos nach Sursass verlegen möchte?»

«Das ist eine Option, hängt aber von der Entwicklung der Situation in Davos ab. Selbstverständlich können wir hier die Sicherheit besser gewährleisten.»

«Ich sehe schon den Stacheldraht vor dem Vereinatunnel»,

sagte die Frau mit dem roten Mikrofon zum Kameramann, der neben ihr stand.

«Wenn es gelingen würde, das WEF hierherzubringen, dann hätten wir einen wirklichen Beitrag für die Entwicklung unserer Region geleistet.»

«Und wenn nicht? Dann steht das Zentrum leer?»

«Nein. Das WEF ist ein Nice-to-have. Es wäre nicht sehr sinnvoll, so ein grosses Zentrum zu bauen für einen einmaligen Anlass im Jahr, *nevaira?*»

Yvonne war zufrieden. Ihre Rechnung war aufgegangen. Die Medien setzten sich mit dem Gemeindepräsidenten auseinander. Er war der Organisator und machte seine Sache gut. Erstaunlich gut. Für die AlpinaInvest schien sich niemand zu interessieren. Die Theorie der «Tageszeitung», dass die Demonstration von Zürich aus organisiert werde, hatte zumindest bist jetzt keiner der Journalisten aufgenommen.

Tobler, der neben ihr stand, machte auch einen entspannteren Eindruck. Er hielt ihr sein Handy entgegen und deutete auf das Display. «Von Gerber.»

«geniale idee medienarbeit der gemeinde unterzuschieben. gute arbeit! g.»

Tobler strahlte, und Yvonne war nicht sicher, ob er nun dachte, es sei seine Idee gewesen, so zu tun, als ob die Unterlagen von der Gemeinde stammten. Aber das war egal. Die besten Einfälle waren diejenigen, die ein Chef als seine eigenen ausgab. Das sagte man wenigstens. Und sie hatte schliesslich nur aus der Not eine Tugend gemacht.

Die Journalisten packten bereits ihre Sachen zusammen, als sich eine Frau mit schwarzen Locken und sommersprossigem Gesicht zu Wort meldete.

«Was sagen Sie zum Tod von Franziska Padrun? Hat der etwas mit dem geplanten Kongresszentrum zu tun?»

Yvonne erschrak. Sie spürte Toblers Anspannung. Der Gemeindepräsident räusperte sich.

«Frau Padrun war eine geschätzte Politikerin und ausserdem eine gute Freundin von mir. Ich möchte mich nicht zu einem laufenden Verfahren äussern.»

«Aber als Gemeindepräsident zu einer kommunalen Abstimmung.»

«Ich vertrete hier das örtliche Gewerbe.»

«Und die AlpinaInvest?»

Auf einmal war es beinahe still. Man hörte lediglich das Bimmeln einer Geissenglocke.

«Hat die etwas mit dem Tod von Franziska Padrun zu tun?», bohrte die Journalistin weiter. Alle drehten sich nach ihr um. Die einen schüttelten die Köpfe.

«Die ‹Tageszeitung›, wieder mal typisch», hörte Yvonne einen Journalisten neben sich.

Die Frau hakte nochmals nach. «Und wieso ist die halbe AlpinaInvest hier?»

Der Gemeindepräsident kratzte sich am Kopf und erklärte die Fragerunde für beendet.

Tobler nahm Yvonne am Ärmel. «Finden Sie heraus, wer diese Frau ist! Und rufen Sie ihren Chef an!»

Yvonne ging auf die Journalistin zu, die dabei war, ihren Notizblock im Rucksack zu verstauen. «Mein Name ist Yvonne Suter. Ich bin Kommunikationsbeauftragte der AlpinaInvest. Darf ich fragen, wer Sie sind?»

«Also doch!»

«Wie bitte?» Die Frau war etwas kleiner als sie.

«Sie geben sich also doch noch zu erkennen.»

«Wir hatten nicht vor, uns zu verstecken. Sie sind also überzeugt, dass der Tod von Franziska Padrun mit dem Bau des Kongresszentrums zu tun hat?»

«Sie etwa nicht?»

«Soweit ich den Stand der Ermittlungen kenne, spricht die Polizei von einem Unfall.»

«Aber ein Motiv hätten Sie.»

«Wer, ich?»

«Nein, die AlpinaInvest.»

«Nun hören Sie mal. Wir leben nicht im Mittelalter. Heute gibt es andere Mittel, um …»

«Das wäre?»

«Überzeugungsarbeit zum Beispiel.»

«Ein Mord wirkt sehr überzeugend, da haben Sie Recht.»

«Ich spreche von Kommunikation.» Langsam ging die Frau Yvonne auf die Nerven.

«Wissen Sie, was Ihre Chefs so treiben?»

«Was treiben sie denn so?» Die Frau bluffte doch nur.

«Fragen Sie sie!»

«Dürfte ich trotzdem Ihren Namen erfahren?»

«Sie dürfen. Flurina Filli, von der ‹Tageszeitung›.»

Flurina beschloss, nicht mit der Gondel ins Tal zurückzufahren. Sie wollte nicht nochmals mit irgendwelchen stinkenden Journalisten eine Viertelstunde lang in einem Kasten eingesperrt sein. Die Blicke von vorhin hatten ihr genügt. Was war los mit der Lokalpresse? Hatten die sich auf PR-Artikel spezialisiert? Auch das einzige ausländische Fernsehen hatte sich mehr für die Esel und die Ziegen interessiert, die beim Umzug mitgelaufen waren. Sie konnte sich die Berichterstattung vorstellen. Heidi und Schellenursli kämpfen gemeinsam für ein Projekt, das den Fortbestand der Schweizer Bergbevölkerung garantieren soll.

Flurina schaute der Frau nach, die sie bereits an der Medienkonferenz der AlpinaInvest in Zürich gesehen hatte, wie sie Richtung Seilbahn ging. Sie war sich bewusst, dass sie etwas dick aufgetragen hatte. Sie konnte nicht sagen, was auf einmal in sie gefahren war. In Wahrheit wusste sie nicht viel über diese Firma. Ausser dass Gerber ihr unsympathisch war und dass sie nicht an Zufälle glaubte. Aber das konnte sie dieser Kommunikationstante nicht gut sagen.

Doch nach diesem Gespräch war sie erst recht überzeugt, dass hier irgendetwas nicht mit rechten Dingen zuging. Wieso wäre die Frau sonst so aufgebracht gewesen?

Flurina beschloss, den Höhenweg über Flaun nach Guardaval zu nehmen. Das war angenehmer, als ins Tal hinunterzusteigen, um dann wieder den Berg hinaufzukraxeln. Sie schrieb Gian eine SMS, dass er sie nicht abzuholen brauche und dass sie etwas später komme. Nach ein paar Minuten kam eine zurück. Er beschrieb ihr, wo das Haus seiner Tante lag.

Sie hatte die Wanderung oft als Kind gemacht, aber in umgekehrter Richtung. Sie ging den Panoramaweg, der durch bunt leuchtende Wiesen führte. Gelber Hahnenfuss neben violetten Glockenblumen. Eine gewagte Farbkombination, und trotzdem passte es zusammen.

Bald erreichte sie die Baumgrenze. Die Lärchen spendeten Schatten. Erst jetzt merkte sie, wie ihre Gesichtshaut brannte. Sie würde mit hochrotem Kopf vor Gian stehen.

Grillen zirpten, dazu Glockengebimmel, und direkt über

ihr summte eine Hochspannungsleitung. Sie kam an einer Lichtung vorbei. Ein kleiner Rastplatz mit Sitzplätzen, die aus Baumstämmen gezimmert waren. Ein paar Sonnenstrahlen hatten einen Weg durch das dichte Geäst gefunden.

Flurina blieb stehen. Hier hatte sie einmal mit ihren Eltern Cervelats gebraten. Sie konnte sich daran erinnern, wie ihr die Wurst in die Glut gefallen war. Sie war mit Asche paniert. Und ihre Eltern hatten gelacht. Sie sah sie vor sich wie auf einem Bild. Ihre Mutter in einer rot-weiss karierten Bluse, die Haare zu zwei Zöpfen zusammengebunden. Ihr Vater hatte damals einen Schnauz, hinter dem eine makellose Zahnreihe hervorschaute. Wieso konnte sie sich so gut daran erinnern? Weil es so selten vorgekommen war, dass ihre Eltern lachten?

Sie ging weiter. Der Wald wurde dichter. Die Lärchen waren dick mit Flechten bewachsen und schillerten silbriggrau. Alles war wie eingepackt, schien unwirklich, entrückt. Sie hatte das Gefühl, Raum und Zeit verlassen zu haben, irgendwo dazwischen zu stehen. Wäre ihr ein weisses Einhorn begegnet, es hätte sie nicht erstaunt. Dann wurde der Wald wieder lichter. Ein kleiner Fluss mäanderte durch die Wiesen, der Wind blies durch die Grashalme, die sich wellenförmig hoben und senkten.

Nach dreieinhalb Stunden erreichte sie Guardaval. Das Dorf sah gleich aus wie vor 26 Jahren. Herausgeputzte Fassaden, üppige Geranien vor den Fenstern, sonnengetünchtes Holz, ordentliche Gärten. Es lag auf einer Sonnenterrasse, die Häuser drängten sich Schutz suchend um die Kirche. An jeder Ecke hatte es einen Brunnen.

Flurina ging auf den nächsten zu, beugte sich vornüber und hielt den Mund in den Strahl. Nirgends schmeckte das Wasser so gut wie hier. Am Dorfplatz teilte sich der Weg. Rechts ging es zum Haus, in dem sie früher gewohnt hatte. Links zu Gian. Sie ging nach links.

Neben der Tür hatte es weder Namensschild noch Klingel. Auch das Tor an der Stirnseite des Hauses sah nicht wie ein offizieller Eingang aus. Sie ging wieder zurück und stieg die steile Treppe hinunter, die zwischen der Fassade von Gians Haus und dem Nachbarhaus nach unten auf eine Terrasse führte. Auf dem Holzrost standen ein grüner Tisch und zwei Korbstühle. Sie wollte an die Tür klopfen, doch Gian stand bereits hinter der Scheibe. Er nahm sie in den Arm und drückte sie kurz.

«Schön, dass du da bist, komm herein! Bin gleich fertig.» Er ging ins Haus hinein. Flurina folgte ihm. Überrascht blieb sie stehen und schaute sich um. Ein weitläufiger hoher Wohnraum mit Glasfassade zum Tal hin. Nichts von der Düsterkeit und Beklemmung, wie sie oft in den niederen Räumen und engen Wohnzimmern dieser Gegend herrschten.

«Du hast die alten Stuben auch nie gemocht», sagte sie.

Gian nickte. Er ging zur Küchenzeile und nahm Gläser aus dem Schrank. «Seit ich in Wien war, konnte ich mir diese niederen Räume nicht mehr vorstellen.»

«Du warst ihn Wien?» Flurina schaute ins Tal hinunter. Erst jetzt wurde ihr bewusst, dass das Haus ganz vorne am Hang stand und die Wiese relativ steil abfiel.

«Nur ein paar Monate. Habe da ein Praktikum in einem Architekturbüro gemacht. Aber das ist schon lange her.»

«War die Aussicht schon früher so schön?»

Gian kam mit zwei Gläsern Pinot Grigio zurück und stellte sich dicht neben Flurina, als wolle er genau das sehen, was sie sah.

«Klar! Aber man sieht etwas immer nur so, wie man es sehen möchte», sagte er und blickte in die Weite.

Unten hatte sich das Tal ausgebreitet. Die Bergrücken waren regelmässig hintereinander geschichtet. Der Fluss glitzerte.

Flurina schaute ihn an. Beim Drehen des Kopfes streifte ihre Nase beinahe seine Wange.

Sie trat einen Schritt zurück. «Lass uns anstossen!»

Gian schaute auf seine Hände und schien sich wieder zu erinnern, was er eigentlich wollte. Er streckte ihr ein Glas entgegen.

«Ist ein bisschen eine Mogelpackung, dein Haus», sagte Flurina, nachdem sie den ersten Schluck Weisswein genommen hatte.

«Wieso Mogelpackung?» Gian schien irritiert.

«Von aussen scheint das Haus alt und schwer, hier drinnen hingegen ist es leicht und luftig.»

«Das hat nichts mit Mogeln zu tun, sondern knüpft an die Engadiner Bautradition an. Es ist eine Art Haus im Haus, die Weiterführung der traditionellen Wohn- und Schlafkammern aus Holz, welche in den alten Engadinerhäusern stehen. Mit dem Unterschied, dass wir hier nicht im Wohnhaus sind, sondern im ehemaligen Heustall.» Er stand auf und ging auf die Terrasse. Flurina folgte ihm. «Hier siehst du die Holzkonstruktion.»

«Eine Kiste im Haus.»

«Genau.»

Sie betraten wieder das Wohnzimmer.

«Wohnst du alleine hier?», fragte Flurina und blickte die Treppe hoch, die neben der Küche in den oberen Stock führte.

«Huhu, ganz alleine!», sagte er und fuchtelte wie ein Gespenst mit den Armen in der Luft. Dann wurde er wieder ernst. «Oben hat es ein Schlaf- und ein Badezimmer. So gross ist es nicht.»

«Und wovon lebst du?» Flurina setzte sich auf die Treppe und stellte das Glas neben sich hin.

«Indem ich für andere solche Häuser baue.»

«Für Engadiner?»

«Auch. Die besten Kunden sind die Russen.»

«Ich weiss noch genau, wie du früher immer Häuser gezeichnet hast. Aber damals waren es Wolkenkratzer.»

«Man muss bei seinen Möglichkeiten bleiben.» Er kauerte vor sie hin und legte ihr die Hände auf die Knie.

«Und wie steht es mit Familie?», fragte Flurina unvermittelt.

Gian sprang auf. «Was soll das werden, Frau Journalistin? Ein Interview oder ein Verhör? – Ich hole das Essen und dann erzählst du, was du hier machst. Oder was du die ganze Zeit gemacht hast.»

«Die ganzen 26 Jahre? Das kann dauern», stöhnte Flurina.

«Ich habe Zeit und heute nichts mehr vor.»

«Na gut, wenn du meinst.»

Gian hatte das meiste schon vorbereitet. Es gab verschiedene Sorten Wild, dazu Apfelschnitze und Kartoffeln. Als Nachtisch servierte er in Grappa eingelegte Zwetschgen mit Vanille-Eis.

Er wollte alles wissen. Wieso sie nicht in Chur geblieben war, was ihr an Zürich gefiel. Was sie beruflich machte, ob sie einen Freund habe und wie viele Beziehungen sie gehabt hatte und ob es jeweils Pausen zwischen den einzelnen Männern gegeben habe oder ob es fliessende Übergänge gewesen seien.

Schliesslich kamen sie auf den Tod von Franziska Padrun zu sprechen.

«Und du glaubst wirklich, dass Franziska nicht durch einen Unfall gestorben ist?», wollte Gian wissen. «Gibt es denn Beweise?»

«Natürlich nicht. Die Polizei geht von einem Unfall aus. Nach dem Lenker oder der Lenkerin wird immer noch gesucht.»

«Du hast dir mal wieder etwas in deinen Kopf gesetzt.»

«Kann man so sagen, ja», sie rührte in ihrem Espresso, obwohl sich der Zucker schon lange aufgelöst hatte.

«Du hast dich überhaupt nicht verändert. Immer noch derselbe Sturkopf. Aber ein höchst attraktiver.»

«Ist das jetzt Anmache?»

«Nein, das war ein Kompliment.»

«Ach so. Ich dachte schon …»

«Was dachtest du?»

«Dass wir vielleicht …»

«Das letzte Mal hast auch du mich zuerst geküsst», sagte Gian leise.

Sie ging zu ihm hinüber, setzte sich mit gespreizten Beinen auf seinen Schoss, schlang die Arme um seinen Hals und sah ihn an. Er wirkte viel jünger von so nah. Sie spürte sein Geschlecht, bewegte sich langsam vor und zurück, dann öffnete sie den Mund, zog ihre Lippen über seine. Er küsste sie zurück, packte sie bei den Oberschenkeln, stand auf und trug sie zum Sofa. Er liess sie darauf plumpsen und legte sich auf sie. Flurina spürte den Wein, der ihre Erregung noch verstärkte.

7

Obwohl es erst sieben war, fühlte sich Flurina ausgeschlafen. Sie zog sich an, duschen konnte sie im Hotel. Bevor sie ging, betrachtete sie Gian eine Weile. Sein Stoppelbart hob sich von der weissen Bettdecke ab wie Lärchennadeln vom Schnee. Sie hätte ihn gerne geküsst, doch dann wäre sie geblieben. Sie musste ins Hotel zurück. Ihren Artikel schreiben. Sie hätte das eigentlich schon am Vortag tun wollen, aber da die «Tageszeitung» am Sonntag nicht erschien, hatte es noch Zeit. Sie kritzelte ein paar Worte auf einen Zettel, den sie in einer Küchenschublade gefunden hatte: «*A revair,* bis bald. Flurina.»

Flurina hatte keine Ahnung, ob der Bus zur Bahnstation, die unten im Dorf lag, auch am Sonntag fuhr. Deshalb beschloss sie, zu Fuss ins Tal hinabzusteigen. Der Wanderweg begann gleich unterhalb Gians Garten. Die Sonne hatte den Morgentau auf den Wiesen bereits getrocknet. Alles sah frisch und freundlich aus. Sie fühlte sich leicht wie schon lange nicht mehr.

Bereits von draussen roch sie den Kaffee. Sie ging zum Frühstücksbuffet, stapelte ein paar Brotscheiben auf einen Teller, dazu Butter und Bergkäse und setzte sich vors Haus an einen der Tische. Die Sonne blinzelte zwischen den Häusern hindurch und brachte die Butter zum Schmelzen. Nach ein paar Minuten erschien Adelina mit einem Krug Kaffee.

«Na, auch schon da? *Hast durmi bain?*» Adelina lachte und füllte Flurinas Tasse.

«Danke, ich habe nicht schlecht geschlafen.» Schnell nahm sie einen Schluck Kaffee. Er schmeckte bitter.

«*Uschea?*» Adelina schaute sich um, wie wenn sie etwas Verbotenes vorhätte, und setzte sich hin. «Erzähl!»

Flurina hatte keine Lust, mit Adelina über ihre Nacht mit Gian zu sprechen. Doch diese liess nicht locker. Sie wollte alles bis ins letzte Detail wissen. Als einige Zeit später Andri nach Adelina rief, war es Flurina, als hätte sie ein Geheimnis verraten, das sie vorher nur mit Gian geteilt hatte.

Aber schliesslich war sie nicht hier, um alte Liebschaften wieder aufzufrischen, falls man bei zehnjährigen Kindern überhaupt von einer Liebschaft sprechen konnte. Sie war hier, um diesen Artikel zu schreiben.

Flurina holte ihren Laptop und setzte sich im ersten Stock auf den Balkon. Bereits nach ein paar Minuten wurde es ihr zu heiss, ausserdem überblendete die Sonne den Bildschirm, sodass sie fast nichts mehr sehen konnte. Sie ging in ihr Zimmer. Kurz darauf läutete ihr Handy. Es war Huber.

«Wie geht es denn so in den Bergen?», fragte er scheinbar gut gelaunt.

Flurina ging nicht auf seine Frage ein. Huber war nicht dafür bekannt, dass er sich nach dem Wohlbefinden seiner Mitarbeiterinnen erkundigte. «Ich bin noch nicht ganz so weit mit dem Artikel.»

«Kein Problem», meinte Huber, «oder sogar noch besser.»

«Besser als was?»

«Besser, als wenn du schon fertig wärst.»

Flurina hörte ein leises Knirschen. Sie sah ihren Chef, wie

er die Brille, die er mit einem knallroten Bändel um den Hals trug, in die Hand nahm, mit dem Ende des Bügels über die Mundwinkel fuhr und dann begann, darauf herumzukauen. Irgendetwas musste im Busch sein.

«Haben wir ein Problem?», fragte sie ihn.

«Das kommt darauf an.»

«Du hast mit dieser Marketingtante telefoniert.»

«So ist es. Sie hat mir vorhin einen kleinen Vortrag gehalten zum Thema Grenzen der Pressefreiheit. Ist recht intelligent, die Frau. Arbeitet nur am falschen Ort.»

«Du kannst ihr ja einen Job auf der Redaktion anbieten.»

Huber ging nicht darauf ein. Das Knirschen hatte in der Zwischenzeit wieder aufgehört.

«Bist du eigentlich noch bei Trost? Was faselst du von einem Mord? Es gibt null Hinweise, null Beweise. Wie kommst du auf diese abstruse Idee?», brach es aus Huber heraus.

«Ich glaube nicht an Zufälle.»

«Was?»

«Ich glaube nicht daran, dass die Padrun zwei Wochen vor der Abstimmung zufällig überfahren wurde.»

«Und ich glaube nicht an den Weihnachtsmann. Ändert das etwas?»

«Ja, klar.»

«Wenn du so weitermachst, haben wir eine Verleumdungsklage am Hals.»

«Keine Sorge. Das kann man eleganter machen. Ich werde über diesen Alpaufzug schreiben und dann …»

«Flurina, ich glaube, du verstehst nicht, worum es hier geht.» Das Knirschen hatte wieder eingesetzt. «Das kann sich unsere Zeitung nicht leisten!»

«Ich lass mir meine journalistische Freiheit nicht verbieten! Und die Reaktion dieser Marketingfrau hat mir schliesslich recht gegeben.»

«Das ist kein Beweis. Ich hätte mich als AlpinaInvest auch gewehrt. Und dies umso mehr, je haltloser die Anschuldigung gewesen wäre.»

«Du warst gar nicht dabei. Deshalb kannst du das …»

Es raschelte im Hörer und sie hörte Huber fluchen, es tönte nach «sturer Bündnergrind» oder so ähnlich.

«Wie bitte?», fragte Flurina ihren Chef.

«Nichts. Ich glaube, ich habe mich klar ausgedrückt.»

«Ja, natürlich.» Sie würde die AlpinaInvest nicht mit dem Tod von Franziska Padrun in Zusammenhang bringen. Wenigstens nicht direkt.

Yvonne schlenderte das Limmatquai entlang. Sie war erschöpft. An einem Tag ins Engadin und wieder zurück. Und heute den ganzen Vormittag im Büro. Dabei war es Sonntag. Sie spazierte die seit Kurzem autofreie Strasse hinunter Richtung Central. Ab und zu fuhr ein Tram an ihr vorbei. Die Wagen waren fast leer. Das schlechte Wetter liess die Leute in ihren Stuben bleiben.

Yvonne wusste nicht recht, was mit dem freien Nachmittag anfangen. Sie sollte sich etwas Gutes gönnen. Das hatte sie verdient. Das Gespräch mit dem Chefredaktor war nicht schlecht verlaufen. Der Mann schien ihr professionell und vernünftig. Sie hatte ein gutes Gefühl, was den morgigen Artikel in der «Tageszeitung» betraf. Sie könnte schwimmen gehen, aber sie hatte ihre Schwimmsachen nicht dabei.

Am Rüdenplatz betrat sie ein kleines Café und bestellte an

der Theke einen Latte macchiato. Sie setzte sich ans Fenster neben ein Paar. Die beiden sahen aus, als wären sie eben erst aufgestanden. Der Schlaf klebte ihnen in den Gesichtern und Haaren.

Sie liess den Zucker auf den Milchschaum rieseln. Vor ein paar Wochen wäre sie jetzt mit Bruno zu Hause gesessen. Sie hätten zusammen Zeitung gelesen, die einzelnen Bünde untereinander ausgetauscht. Sie hätten Pläne gemacht. Über die nächsten Ferien oder den nächsten Wohnungswechsel nachgedacht.

Sie vermisste ihn. Aber es war ein anderer Bruno, der ihr fehlte. Nicht der, der von ihr nur ein Kind wollte und zuschlug. Wie konnte sich ein Mensch nur so rasch verändern? Oder war es ihre Wahrnehmung, die sich verändert hatte?

Sie verrührte den Zucker und blickte durch die Scheibe. Eine Familie mit zwei kleinen Kindern in farbigen Regenstiefeln ging vorüber. Ihr Handy meldete eine SMS.

«möchte mit dir reden bitte kuss b.»

Yvonne schaute sich um und liess das Handy sinken. Wieso besass er ihre Nummer? Erst vor ein paar Tagen hatte sie eine neue SIM-Karte gekauft. Sie nahm einen Schluck Kaffee, liess den Rest stehen und verliess das Lokal. Auf der Höhe der Rathausbrücke piepste es wieder.

«schade um den kaffee»

Ohne sich umzudrehen lief sie das Limmatquai hinunter zum nächsten Taxistand. Der Fahrer stand rauchend beim Wagen.

«Bitte, schnell», sagte sie, setzte sich auf den Beifahrersitz und legte die Sicherheitsgurte an. Der Mann drückte die Zigarette sorgfältig mit der Schuhspitze aus, bevor er ins Auto stieg.

«Geht's noch etwas langsamer?» Yvonne schaute nach hinten. Ein Mann in einem beigen Mantel näherte sich.

«Wohin?», fragte der Taxifahrer.

«Einfach weg. Schnell! Fahren Sie schon!», schrie Yvonne.

Er startete den Motor. Nun sah sie den beigen Stoff im rechten Rückspiegel. Er kam ihr bekannt vor. Eine Hand hämmerte an die Scheibe. Sie duckte sich, getraute sich nicht, hinzusehen. Das Fahrzeug setzte sich in Bewegung. Dann gab es einen Knall. Er musste aufs Dach geschlagen haben.

«Da ist einer ziemlich sauer», sagte der Chauffeur, ohne auf eine Erklärung zu warten. Yvonne nickte nur und umklammerte ihre Handtasche.

Nachdem sie den Artikel fertig geschrieben hatte, rief Flurina Gian an. Eine halbe Stunde später holte er sie im Hotel ab. Sie gingen zu Fuss über eine lange Brücke aus Holzbrettern, die weit über dem Talboden über den Fluss führte. In der Mitte waren auf jeder Seite zwei Ausbuchtungen angebracht, die aussahen wie kleine Balkone, wo man sich hinstellen und ins Tal hinunter sehen konnte. Flurina schaute auf die hellgrünen Lärchen, die von oben wie stachlige grüne Kugeln aussahen. Nach der *halla da glatsch*, der Eishalle, überquerten sie die Punt Pitschna und bogen ins Val Dretta ein. Die Schaumkronen leuchteten wie geschlagenes Eiweiss. Eine Tafel der Engadiner Kraftwerke warnte vor Hochwasser, das durch den Betrieb der Anlagen plötzlich auftreten konnte.

Je weiter sie das Tal hinaufstiegen, desto türkisfarbener und spärlicher wurde das Wasser. Beinahe zärtlich glitt es über die runden Steine, sammelte sich an den flacheren Stellen in Wannen, die der Fluss ausgeschliffen hatte.

«Traust du dich?», fragte Flurina und sprang ins beinahe ausgetrocknete Flussbett. Sie hielt die Hand in einen der kleinen Seen. «Da haben wir früher immer gebadet.»

«Früher, ja. Aber da galten zehn Grad als warm.»

«Das sind aber nicht zehn Grad.» Flurina nahm die Hand wieder heraus.

«Nicht?», fragte Gian ungläubig.

«Nein, das ist noch kälter! Schau mal!» Sie spritze ihn an.

«Na warte!», rief Gian.

Flurina rannte flussaufwärts davon. Gian tauchte beide Hände bis zu den Handgelenken ins Wasser. Dann rannte er ihr nach, packte sie von hinten. Schob ihr die eine Hand vom Nacken her den Rücken hinunter. Flurina schrie auf. Mit der anderen zog er ihr T-Shirt hoch und legte die Hand auf ihre Brust. Sie spürte, wie sich die Brustwarze hob, ihm entgegenstreckte. Sie drehte sich um, griff ihm zwischen die Beine, knöpfte seine Jeans auf und fuhr mit der Hand hinein. «Du trägst im Sommer immer noch keinen Slip. Das ist wie ...» Gian hielt ihr den Mund zu und zog sie hinter einen Strauch, der am Rand des Bachbetts stand.

«He, nicht so grob!», wehrte sich Flurina.

«Sei still!»

Dann hörte sie es auch. Ein metallisches Aufschlagen, dazwischen Schritte. Ein Mann mit dunkelgrüner Wanderhose und Rucksack und eine dicke Frau in gross geblümter Bluse gingen an ihnen vorbei. Beide hatten Nordic-Walking-Stöcke dabei, die neben den Schuhsohlen feine Punkte auf dem Weg zurückliessen.

Flurina war sicher, dass die beiden sie gesehen hatten. Doch sie wanderten weiter, als wäre nichts gewesen.

Sie prustete los. «Wie alt sind wir eigentlich? Wie Teenager hinter den Büschen.» Sie zog ihre Hand aus seiner Hose und das T-Shirt über ihre Brüste.

«Scheinbar nicht alt genug.» Gian stand auf und knöpfte seine Jeans zu.

«Wenn ich daran denke, dass meine Eltern, als sie in meinem Alter waren, schon zwei Kinder hatten und ein Haus mit Terrasse.»

Er zuckte mit den Schultern.

«Ich war fünf, als meine Mutter so alt war wie ich jetzt. Fünf!» Sie streckte ihm die gespreizte Hand entgegen.

«Was ist denn mit dir los? Hast du Torschlusspanik?»

«Nein, im Gegenteil. Ich habe das Gefühl, ich hätte noch ewig Zeit.»

«Wenn du dich da mal nicht täuschst.» Er setzte sich neben sie. «Das tönt für mich eher nach Flucht. Nach Angst, irgendwo anzukommen.»

«Das trifft auf dich definitiv nicht zu. Du bist Architekt. Hast ein Haus. Du bist jemand …» Sie nahm einen Föhrenzapfen, der neben ihrem Schuh lag, und schaute ihn genauer an.

«Was hat das mit einem Haus zu tun?», fragte Gian.

«Weiss ich auch nicht. Vielleicht die Verantwortung?» Sie fuhr zwischen die Lamellen und steckte den Zapfen auf den Finger.

«Aber du hast studiert, bist Redaktorin, schreibst für eine renommierte Zeitung, weisst, was du willst, nimmst kein Blatt vor den Mund.»

«Ist man angekommen, wenn man weiss, was man will?» Sie liess den Zapfen wie eine Puppe vor sich hin und her tanzen.

«Ich denke schon», meinte Gian.

«Dann ist ja gut. Ich weiss nämlich, was ich will.»

«Und das wäre?»

«Mich nicht entscheiden müssen.» Flurina nahm den Zapfen vom Finger und schleuderte ihn ins Bachbett. Er schlug zweimal auf und blieb dann liegen.

«Flurina, du bist ein Kindskopf!»

Sie gingen weiter taleinwärts am Wehr vorbei, vor dem sich ein grosser himmelblauer See gebildet hatte, der von einem Schwemmkegel aus Kies umgeben war. Oberhalb der Wasserfassung schwoll der Fluss an, schlängelte sich um dunkle Felsen, zwischen denen sich an manchen Orten natürliche Staumauern aus Holz gebildet hatten.

Der Weg verlief mal rechts, mal links des Flusses. Je weiter sie das Tal hinaufstiegen, desto karger wurde die Landschaft. Auf beiden Seiten des Pfades hatte es nur noch kiesige Schuttkegel, der Weg, von Weitem nur ein feiner Strich im Hellgrau der Steine, war teilweise mit einem Holzgeländer gesichert. Felsen aus zerklüftetem Bündnerschiefer ragten auf beiden Seiten in die Höhe. Birken klammerten sich am losen Untergrund fest.

Flurina schaute nach oben. Nur Steine und Geröll. Ein oranger Einschluss zog sich wie eine gefärbte Haarsträhne durch die Felswand. Unten war der Fluss, von Steinblöcken umgeben, zu einem reissenden Bach angewachsen, der sich über die Steine herabfallen liess wie ein Tuch, das man die Treppe hinab hinter sich herzog.

Die nächste Wegbiegung war mit ein paar Holzbrettern abgestützt. Flurina trat darauf und begann zu wippen.

«Meinst du, dass die halten?», fragte Gian. «Komm da runter! Das Holz ist nicht gesichert.»

«Was ist schon sicher auf dieser Welt?»

«Der Tod zum Beispiel.» Er packte sie an beiden Schultern und zog sie auf den Weg zurück.

8

Kaum hatte Yvonne die Büros der AlpinaInvest betreten, kam Lydia Schnell um die Ecke. Wie wenn sie auf Yvonne gewartet hätte.

«Das haben Sie fein hingekriegt», sagte Frau Schnell. «Gratulation!»

«Danke», antwortete Yvonne überrascht. Hatte die Schnell sie abgepasst, um ihr ein Kompliment zu machen?

«Übrigens, Tobler möchte Sie sprechen.» Nun klang sie nicht mehr so freundlich.

«Schon so früh? Wieso?»

«Da fragen Sie noch? Lesen Sie keine Zeitung?» Yvonne zuckte zusammen. Wie hatte sie das vergessen können. Heute war der Artikel von Flurina Filli über die Kundgebung in Sursass erschienen.

Nachdem Yvonne am Vortag den Taxifahrer gebeten hatte, unten zu warten, bis sie im Haus war, schloss sie die Tür zweimal ab. Sie machte einen Tee, ging in der Wohnung auf und ab und schaute immer wieder aus dem Fenster. Doch die Strasse war leer. Dann versuchte sie, ein wenig zu schlafen, aber es gelang ihr nicht. Immer wieder sah sie die Faust vor sich, die an die Scheibe hämmerte. Als sie die Stille nicht mehr ertrug, schaltete sie den Fernseher ein. Es lief eine amerikanische Krankenhausserie, in der es mehr um Liebesprobleme unter den Ärzten und Ärztinnen ging als um die Patienten. Irgendwann war sie auf dem Sofa eingeschlafen. Sie wachte um drei Uhr morgens auf, tauschte ihre Kleider gegen einen Schlafanzug und ging ins Bett. Als um halb sieben der Wecker läutete, war sie erschöpft. Sie verschob das Schwimmtraining auf den nächsten Morgen und döste eine Stunde weiter.

Yvonne ging rasch in ihr Büro, schaltete den Computer ein und rief die Webseite der «Tageszeitung» auf. Sie musste nicht lange nach dem Artikel von Flurina Filli suchen. Bereits auf der Einstiegsseite war er angerissen: «Zürcher Finanz baut im Engadin».

Sie überflog den Artikel und atmete auf. Die Journalistin hatte zwar die AlpinaInvest im Artikel erwähnt, vom Unfall von Franziska Padrun war jedoch nichts zu lesen. Die Schnell hatte offensichtlich nicht verstanden, worum es ging, dachte Yvonne. Wieso liess sie sich von dieser Frau so einschüchtern? Vielleicht wollte ihr Tobler nur gratulieren.

Bevor Yvonne an Toblers Tür klopfte, atmete sie nochmals tief durch. Er war am Telefon und wies sie an, sich zu setzen. Er schien gut gelaunt. «Aber selbstverständlich. Machen wir. Keine Sorge», sagte er und blickte dabei zum Fenster hinaus.

Nachdem er sich verabschiedet hatte, legte er den Hörer langsam auf. Sein Gesicht verfinsterte sich. Anstatt etwas zu sagen, schob er ihr die Zeitung, die vor ihm auf dem Tisch lag, herüber und drehte sie um 180 Grad, sodass sie die Schlagzeile lesen konnte.

Yvonne lächelte, denn sie kannte den Artikel. Doch bei näherem Hinschauen stockte ihr der Atem. Gleichzeitig wurde ihr heiss. Neben dem Artikel über die Kundgebung in Sursass hatte es einen Kasten: «Engadinerin in Zürich verunfallt?» Die beiden Artikel bezogen sich nicht aufeinander. Doch es war offensichtlich, dass es hier einen Zusammenhang gab.

Tobler hatte seine Hand auf die Zeitung gelegt und klopfte mit dem Mittelfinger auf das Geschriebene.

«Wie erklären Sie sich das? Gestern haben Sie mir gesagt, Sie hätten die Situation im Griff.»

«Ich hatte die Situation im Griff.»

«Nein, das hatten Sie nicht. Sonst würde das hier heute nicht in der Zeitung stehen.»

«Sehr clever, diese Journalistin», sagte Yvonne mehr zu sich selber.

«Ist mir egal, wie clever die ist. Das ist das letzte Mal, dass so etwas in der Zeitung gestanden hat. Und Sie sorgen dafür, dass das nicht mehr vorkommt und dass die Journalistin aufhört, in dieser Geschichte rumzustochern.»

«In welcher Geschichte? Es sieht aus, als hätten Sie etwas zu verbergen?»

«Natürlich nicht. Es geht um den Ruf unserer Firma.»

«Und wie soll das gehen? Wollen Sie die Pressefreiheit ausser Kraft setzen?» Yvonne stand auf und ging zum Fenster. Sie schaute auf den Fluss. Ein paar Enten putzten schwimmend das Gefieder. Sie verstand nicht, wieso sich Tobler so aufregte. Vielleicht hatte er wirklich etwas zu verbergen?

«Das überlasse ich Ihnen. Wenn Sie es mit Überzeugungsarbeit nicht schaffen, wie Sie so schön sagen, dann machen Sie es mit anderen Mitteln.»

«Wie meinen Sie das?»

«Manchmal muss man nachhelfen.»

«Nachhelfen?»

«Ein wenig Druck aufsetzen. Nur ganz leicht. Mit Freundlichkeit kommen wir in unserem Business nicht weit.»

«Das mache ich nicht.»

«Können Sie es nicht, oder machen Sie es nicht?»

«Beides.»

«Okay. Das akzeptiere ich. Dann muss ich für diese Aufgabe jemand anderen suchen.»

Yvonne drehte sich schnell zum Fenster, als sie merkte, dass ihr Tränen in die Augen stiegen. Sie konnte nicht mehr nach Bern zurück. Es reichte, wenn sich Bruno an den Wochenenden in Zürich herumtrieb.

Sie hatte nicht gemerkt, dass Tobler unterdessen direkt neben sie getreten war, und erschrak, als er zu sprechen begann.

«Bitte Frau Suter, setzen Sie sich wieder.» Er wies auf den Stuhl. «Wir sind alle etwas übermüdet. Es tut mir leid.»

«Mir tut es leid. Bitte entschuldigen Sie. – Wie sieht Ihr Plan aus?»

«Ich habe eine Idee, wie wir Flurina Filli aus dem Verkehr ziehen können. Aber dazu müssen Sie ins Engadin fahren.»

«Das ist überhaupt kein Problem.» Hauptsache, weg von Bruno, dachte Yvonne.

Die «Tageszeitung» kam um zehn mit der Post. Der Artikel hatte es auf die Frontseite der Zeitung geschafft. Flurina war zufrieden. Sie ging nochmals zum Buffet und holte Käse und Bündnerfleisch. Sie hatte vorgehabt, bereits am Vorabend nach Zürich zurückzufahren. Doch nach dem Spaziergang mit Gian beschloss sie, noch eine Nacht zu bleiben. Bis elf musste sie das Zimmer geräumt haben. Das stand auf einem Zettel in der Mappe aus braunem Kunstleder, die auf dem Tisch in ihrem Zimmer lag und mit Briefpapier und Informationen über das Hotel und die Gegend gefüllt war.

Kaum hatte sie sich gesetzt, kam Adelina mit dem Telefon. «Ein Herr Huber.» Flurina erschrak. Was der wohl wollte? Wenn ihm etwas am Artikel nicht gepasst hätte, dann hätte er es bereits am Vortag sagen können.

«Danke.» Sie nahm den Hörer. «Ja, was gibt's?»

«Hast du den Artikel gesehen?»

«Ja, klar.»

«Nicht schlecht!»

«Danke!» Ein solches Lob hatte sie von Huber noch nie erhalten. «Dann werd ich mich mal vom Acker machen.»

«Ich finde, du solltest unbedingt weiter recherchieren.»

«Was, aber du hast doch selber gesagt …»

«Wir haben eine SMS erhalten. Heute Morgen. Und weisst du, was drin steht? ‹Glauben Sie an Zufälle?›»

«Das kann nicht sein.»

«Doch. Kam mir auch bekannt vor.»

«Und sonst?»

«Nur das.»

«Und der Absender?»

«Sie wurde von einer Internetseite aus abgeschickt.»

«Und du nimmst das ernst?», fragte Flurina erstaunt. «Du sagst doch immer, man könne nicht jedem Furz nachgehen. Vor allem, wenn er anonym sei.»

«Wir machen hier mal eine Ausnahme. Vor allem wenn du sowieso schon da oben bist.»

Hubers Vorschlag kam ihr sehr gelegen. Sie wollte mehr herausfinden über den Tod von Franziska Padrun. Doch etwas hinderte sie daran, zuzusagen.

«Bist du noch da?», fragte der Chefredaktor.

«Ich überlege es mir.»

«Aber bitte nicht zu lange.»

«Also gut. Ich bleibe. Morgen ist die Beerdigung. Vielleicht erfahre ich da etwas.»

Flurina brachte Adelina das Telefon zurück. Nachher musste sie unbedingt Frau Berger anrufen und sie bitten, Niculin noch ein paar Tage länger zu hüten.

«Falls du bleiben möchtest, da …» Sie musste mitgehört haben. «Eine Nacht ginge, aber morgen kommt eine Reisegruppe. Dann sind wir ausgebucht. *I'm displascha,* tut mir leid. Aber ich könnte in anderen Ho…»

«Lass nur. Ich find schon was.»

«Du hast bereits etwas gefunden, *lumpazza!*» Adelina lachte.

«Natürlich kannst du bei mir wohnen. So lange du willst», sagte Gian.

Sie sassen auf der Terrasse des Cafés in der Mittagssonne.

«Ich habe ein Gästebett.» Gian lachte. Seine Zähne glänzten weiss wie die Schneereste am Piz Tschütta.

«Ist dein Auftrag nicht abgeschlossen?»

Flurina zögerte. «Huber möchte, dass ich noch weiterrecherchiere.»

«Ach ja? Und was sollst du herausfinden?»

Sie schaute sich im Café um und flüsterte. «Er glaubt langsam auch nicht mehr daran, dass es bloss ein Unfall war.»

«Wieso denn das?»

«Er hat eine anonyme SMS erhalten.»

«Das ist ja interessant. Und was stand da drin?»

Flurina sagte es ihm. «Ist nicht gerade viel», meinte Gian.

«Manchmal braucht es auch nicht viel.»

Er legte seinen Arm um ihren Hals, zog sie zu sich und küsste sie. «Stimmt.»

Es war mitten in der Nacht. Flurina schreckte auf. Jemand hatte geschrien. Sie hatte die Stimme nicht erkannt.

Gian zündete die Nachttischlampe an und setzte sich auf. «*Che hast?* Geht es dir nicht gut? Du hast geschrien.»

Das war ihre Stimme gewesen?

Er strich ihr mit der Hand den Rücken auf und ab.

Erst jetzt merkte Flurina, dass ihr T-Shirt ganz durchnässt war. Sie zog es aus und hängte es über einen Stuhl.

«*Hast insömgià mal?* Hast du schlecht geträumt?»

Sie setzte sich auf die Bettkante und strich die feuchten Locken aus dem Gesicht. «Da waren überall Falter.»

«Was für Falter?»

«Nachtfalter. Mit Gesichtern. Wie Menschen.»

«Das ist ja übel. Aber jetzt ist es vorbei.» Er streichelte ihre Haare. «Ich zeig dir morgen etwas. Das wird dir bestimmt helfen.» Er ging zum Schrank, holte ein frisches T-Shirt heraus, streifte es Flurina über den Kopf und fädelte ihre Arme durch die beiden Öffnungen. Sie liess es geschehen. Fühlte sich wie eine Puppe, starr und willenlos.

9

Das «Belvédère» bot, wie der Name sagte, einen fantastischen Blick auf das Bergpanorama. Der Himmel war von einem Blau, das die Weite des Weltalls erahnen liess. Yvonne setzte sich auf einen der Korbstühle, die durch eine Glaswand vom Engadiner Wind geschützt waren. Sie blickte auf die schiefrigen Dächer der Häuser im unteren Dorfteil, die aneinandergerückt waren, wie wenn sie bereits auf den nächsten Winter warten würden. Oben war die Brücke, die das Dorf mit dem Sportplatz auf der anderen Talseite verband.

Yvonne blätterte in der «Engadiner Post». Nur die vordersten paar Seiten waren auf Deutsch. Sie versuchte, wenigstens die Schlagzeilen zu verstehen, aber es gelang ihr nur knapp. Sie schaute auf die Uhr. Vor einer halben Stunde hätte Flurina Filli kommen sollen. Ob die Journalistin sie zum Narren hielt?

Sie fand, dass Tobler etwas überreagierte. Er hatte einen Plan mit verschiedenen Eskalationsstufen, wie er es nannte, aufgestellt. Die erste Stufe könne man dabei getrost überspringen, hatte er gemeint. Diese Frau sei anscheinend nicht mit den üblichen Argumenten zu überzeugen, was bei einer Journalistin nicht weiter überrasche.

Yvonne hatte schon in Toblers Büro beschlossen, es zuerst mit der ersten Stufe, mit Überzeugungsarbeit, zu versuchen. Stufe Nummer zwei war, der Überzeugungskraft nachhelfen. Dabei gab es zwei Möglichkeiten. Das eine waren exklusive

Informationen zum Bau, das andere war ein grösserer Geldbetrag. Falls beides nicht fruchten sollte, käme Stufe Nummer drei: Abschreckung. Die hatte Tobler nicht genauer definiert. Yvonne hoffte, dass bereits Stufe eins zum gewünschten Resultat führen werde. Doch wenn es nicht funktionierte, wäre sie auch bereit, einen Schritt weiter zu gehen.

Ein anthrazitfarbener Geländewagen hielt direkt vor der Terrasse. Flurina Filli stieg aus.

«*S-chüsa,* bitte entschuldigen Sie. Habe etwas getrödelt.»

«Kein Problem. Nehmen Sie doch Platz. Was trinken Sie?» Yvonne winkte der Kellnerin.

«Ün cafè cun lat, per plaschair.»

Die Kellnerin sah sie fragend an.

«Einen Milchkaffee, bitte. Und ein Croissant.»

Yvonne bestellte nochmals einen Espresso.

«Unsere Sprache stirbt aus», sagte Flurina Filli, nachdem die Kellnerin sich mit österreichischem Akzent für die Bestellung bedankt hatte und wieder gegangen war.

«Sie stammen von hier?», fragte Yvonne.

«Nein, aus Guardaval. Ich habe da meine ersten zehn Lebensjahre verbracht.»

«Deshalb sind Sie so interessiert am Tod von Franziska Padrun!»

«Nicht nur daran ...»

«Am Bau – oder soll ich besser sagen am Nicht-Bau – des Kongresszentrums natürlich auch.»

«Das habe ich so nie ...»

«Womit wir beim Thema waren, Frau Filli. Ich möchte Ihnen nochmals kurz erklären, wie wichtig dieses Projekt für die Region ist. Was es dem Tal bringen kann. Ihnen sind ‹alpine

Brachen› bestimmt ein Begriff. Sie kennen sicher diese Studie, die die Schweiz in fünf Lebensräume einteilt. Demnach könnte aus dem Unterengadin auch eine alpine Brache werden, wo man trotz Subventionszahlungen die Abwanderung nicht stoppen kann, wo Läden geschlossen werden, die Post, die Schulen. Ist es das, was Sie wollen? Dass man diese Täler schliesst?»

«Sie sprechen für ein Tal, für eine Bevölkerung, die Sie nicht kennen. Wissen Sie überhaupt, wie die Leute hier ticken?»

«Wissen Sie es?»

«Ich bin von hier und ich möchte nicht, dass diese Täler zugemacht werden, wie Sie sagen, die Sprache ausstirbt, die Leute auswandern. Aber nicht um jeden Preis.»

«Die restliche Bevölkerung soll auch auswandern? So wie Sie? Und dann stellt man das Tal unter Heimatschutz. Ein Engadiner Ballenberg, wie es der Gemeindepräsident so schön sagte.»

«Ich war damals zehn. Es war nicht meine Entscheidung wegzugehen.»

«Sie hätten zurückkommen können.»

«Vielleicht mach ich das auch, irgendwann.»

«Dann hätten Sie es schon getan.»

«Man kann sein Leben immer ändern. Auch mit vierzig. Aber das ist Ihnen sicher fremd. Doch lassen wir das. Ich frage mich, woher Sie sich das Recht nehmen zu wissen, was für eine Region, die Sie nicht kennen, gut ist.»

«Es geht nicht um Wissen. Es geht vielmehr um Hilfestellung.»

«Entwicklungshilfe?» Die Journalistin schaute Yvonne abschätzig an.

«Ja. Nein. Nicht im klassischen Sinn.»

«In welchem denn?»

«Im modernen Sinn.» Gott, war diese Frau zäh, dachte Yvonne. Tobler hatte Recht gehabt. Sie hätte Stufe eins genauso gut überspringen können. «Das muss nicht unbedingt paternalistisch sein. Schliesslich sieht die Neugestaltung des Finanzausgleichs auch den Abbau des finanziellen Gefälles zwischen den Kantonen vor. Und da kommen die Gebirgskantone in den Genuss des geografisch-topografischen Lastenausgleichs, weil sie aufgrund ihrer Lage benachteiligt sind.»

«Das ist nicht vergleichbar. Das Geld ist nicht an Bedingungen oder Projekte geknüpft, und man entscheidet nicht über den Kopf der Betroffenen hinweg.»

«Was ist die Meinung der Betroffenen? Das wissen wir doch erst nächstes Wochenende.» Yvonne wurde langsam ungeduldig.

«Sie glauben doch nicht, dass ein Volksentscheid die Meinung der Leute widerspiegelt.»

«Wieso nicht? Was haben Sie für eine seltsame Vorstellung von Demokratie!»

«In einer Demokratie wurden schon Hexen verbrannt. Aber das ist eine andere Geschichte.» Flurina Filli machte eine Pause. Dann fuhr sie fort. «Sagen Sie mir einfach, was Sie wollen, dann müssen wir nicht länger auf Konversation machen und um den heissen Brei herumreden.»

«Wie Sie wollen. Wir, also die AlpinaIvest, wären froh und würden uns auch dafür erkenntlich zeigen, wenn Sie vor der Abstimmung nicht nochmals einen Artikel bringen, in dem der Bau des Kongresszentrums auf irgendeine Weise mit dem Tod von Franziska Padrun in Verbindung gebracht wird. Ich garantiere Ihnen, wir haben rein gar nichts damit zu tun, und auch die Polizei geht von …»

«Wieso haben Sie denn Angst? Wenn Sie nichts damit zu tun hätten, müssten Sie sich auch nicht fürchten.»

«Sie wissen genau, wie das läuft. Kurz vor der Abstimmung wird etwas in die Zeitung gesetzt, und wir haben keine Möglichkeit, eine Gegendarstellung zu veröffentlichen.»

«Und wie wollen Sie mir garantieren, dass Ihre Firma nichts mit dem Unfall zu tun hat? Wissen Sie denn, was in Ihrer Firma alles läuft?»

«Das haben Sie mich schon einmal gefragt.»

«Und Sie haben mir bereits damals keine Antwort gegeben. Wie lange arbeiten Sie für die AlpinaInvest?»

«Das hat damit nichts zu tun.»

«Wie lange?», wiederholte die Journalistin ihre Frage.

«Eine Woche.»

«Eine Woche? Und Sie stellen sich voll hinter Ihren Chef? Das nenn ich loyal! Muss man das, um Karriere zu machen?»

«Ich möchte mit Ihnen nicht über meine Karriere diskutieren. Ich möchte Ihnen ein Angebot machen.»

«Ihre Karriere würde mich aber mehr interessieren als Ihr Angebot. Wo sind denn die Grenzen? Wie weit würden Sie dafür gehen?»

«Sie haben keine Ahnung.» Yvonne merkte, wie ihre Knie leicht zu zittern begannen. War das der Kaffee? Hätte sie doch besser vorher richtig frühstücken sollen? Oder hatte Flurina Filli ins Schwarze getroffen? Hatte sie wirklich ihre Beziehung zugunsten der Karriere geopfert? Verbat sie sich deshalb den Gedanken daran, Kinder zu haben? Sie strich über das Tischtuch, wie um damit die Bedenken wegzuwischen.

«Dann erklären Sie es mir!», fauchte die Journalistin sie an.

«Ich muss Ihnen nichts erklären. Ich kann Ihnen nur unser Angebot …»

«Ich scheiss auf Ihr Angebot.» Flurina stand auf. «Den Kaffee übernehmen Sie, denk ich mal. *Allegra.*»

Das hatte sie toll hingekriegt. Yvonne ging in ihr Hotelzimmer und schaltete den Fernseher an. So konnte sie besser nachdenken. Hoffte sie jedenfalls. Es lief ein Bericht über die angebliche Reproduktionskrise in Deutschland.

Genau das Thema, das sie im Moment brauchte. Sie griff zur Fernbedienung, blieb aber hängen, als eine Frau sagte: «Wenn alle Frauen nur noch ihren Beruf im Kopf haben, wundert es mich nicht, wenn wir langsam aussterben. Sind das überhaupt noch richtige Frauen?»

Was für ein Blödsinn! Wieso wurde «Karriere machen» immer noch mit «unweiblich» gleichgesetzt? Sie hatte sich nicht für eine Karriere entschieden, weil sie keine Kinder wollte. Sondern sie hatte sich dafür entschieden, weil sie etwas Sinnvolles in ihrem Leben machen wollte. Sie hatte ihre Weiblichkeit nicht zugunsten ihrer Karriere zurückgestellt. Langsam hatte sie es satt, sich immer rechtfertigen zu müssen.

Sie knipste den Fernseher aus. Sie hatte hier einen Job zu erledigen und nicht vor sich hin zu philosophieren. Sie musste mit Tobler das weitere Vorgehen besprechen. Ihm von dieser obersturen Journalistin berichten.

Dass Tobler sein Telefon auf Lydia Schnell umgeschaltet hatte, hätte Yvonne nicht erwartet. Doch es war zu spät, um aufzulegen.

«Was kann ich für Sie tun? Kommen Sie voran in Sursass?

Haben Sie diese Journalistin nun endlich zum Schweigen gebracht?»

«Ja, ich habe sie heute Morgen in den Fluss geworfen.»

Am anderen Ende war es ruhig. Sie hörte nur das Zusammenschlagen von falschen Perlen.

«Das war ein Witz! Ich muss Herrn Tobler sprechen. Wann ist er zurück?»

«Er kommt heute nicht mehr. Sein Handy hat er abgestellt. Er hat heute seinen Hochzeitstag.» Sie schien darum bemüht, das Wort gelassen auszusprechen, aber es gelang ihr nicht. Das Gemisch von Bedauern und Eifersucht war nicht zu überhören.

«Worum geht es?»

«Das möchte ich ihm persönlich sagen.»

«Dann machen Sie das! Schönen Tag noch.» Sie hängte auf, ohne dass Yvonne etwas hätte entgegnen können.

Die Kirche hockte im Tal selbstzufrieden auf einem Felsen, umschlängelt vom Fluss, der sich milchigbraun und elegant um den Felsen wand. Ein gepflasterter Weg führte den Hügel hinauf zum Eingangstor. Der Friedhof war von einer Mauer umgeben. Die Gräber, die in mutigen Sommerfarben gegen das Grau des Todes anzukämpfen schienen, wirkten sehr klein. Als Kind hatte sich Flurina immer vorgestellt, dass die Toten mit angezogenen Beinen begraben würden. Von den Kieswegen war beinahe nichts mehr zu sehen. Sie waren mit dunkel gekleideten Menschen gefüllt.

Man konnte sich kaum bewegen. Irgendwo zuhinterst, wo die Leute noch gedrängter standen, musste das Grab von Franziska Padrun sein. Es roch nach Sommerblumen, vermischt mit dem Geruch von Kleidern, die man nur alle paar Jahre trug. Die Sonne hatte sich hinter einer kleinen fedrigen Wolke versteckt.

Flurina dachte an das Gespräch mit dieser Marketingfrau. Was interessierte die sich für ein Bergtal? Der ging es nur um ihren Job, ihre Karriere. So wie sie dagesessen hatte in ihrem cremefarbenen Deuxpièces und der lackierten Rossis-Tasche. Die Frau hatte ihr Leben im Griff. Für die nächsten zwanzig Jahre war alles durchgeplant, vielleicht sogar bis zur Pensionierung. Franziska Padrun war auch zielstrebig gewesen. Aber anders. Ihr ging es um die Sache. Nicht um den persönlichen Erfolg.

Sie konnte sich immer noch nicht recht vorstellen, dass sie tot war. Aber wieso? War das Sterben von alten oder kranken Menschen verständlicher? Weil man sich darauf vorbereiten konnte? Oder sagen, der hat sein Leben gelebt? Waren Unfälle für die Hinterbliebenen deshalb so grausam, weil sie so plötzlich waren? Weil man nicht Abschied nehmen konnte?

Die Sonne kam hinter der Wolke hervor und tauchte den Friedhof in gleissendes Licht. Erstaunlich, wie bei Tageslicht alles ganz anders aussah, dachte Flurina. Der sonnige Nachmittag auf dem Friedhof nach der regnerischen Nacht unter der Hardbrücke. Als hätte jemand das Licht angezündet. So viele Personen waren hier, und niemand hatte Franziska an diesem Abend beschützen können.

Gian hatte ihr nach dem Frühstück auf der Terrasse ein Taubenschwänzchen gezeigt. Das sei ein Nachtfalter, der tagsüber unterwegs ist. Der kleine pelzige Kerl hing wie ein Kolibri in der Luft, fuhr den zusammengerollten Rüssel aus, liess ihn schnell in eine Fliederblüte schnellen, machte dann einen kleinen Looping und stoppte bei der Blüte daneben.

«Das soll ein Nachtfalter sein?», hatte Flurina Gian ungläubig gefragt, und er hatte genickt.

Flurina beobachtete die Trauergäste, die Florin und den beiden Mädchen die Hand gaben, sie küssten oder fest an sich drückten, am Grab vorbeischritten und eine Blume hinlegten. Sie sah Madlaina und Lea, die dastanden, als wären sie nur zufällig hierhergeraten, als hätten sie sich verirrt und ihre Mutter warte unten auf dem Spielplatz auf sie.

Für das Leichenmahl war in der Ustaria Surlej aufgedeckt. Rosa Tischtücher und weisse Papierservietten. Viele Gesichter kamen Flurina bekannt vor. Sie setzte sich zu Gian und Adelina.

Ihre Freundin sah schlecht aus.

«Wo ist Andri?», fragte Flurina

«Der ist im Hotel. Der würde, wenn es ginge, noch an seiner eigenen Beerdigung arbeiten.»

Gian schüttelte den Kopf. Adelina rieb die Schläfen. «Schüttle du nur deinen Kopf. Bis er abfällt.»

«Du siehst müde aus.» Flurina legte ihr die Hand auf die Schulter.

«Manchmal ist es etwas viel. Die Kinder, das Hotel, das Restaurant. Und ich würde gerne einmal wieder wegfahren. Ein halbes Jahr etwas anderes machen.»

«Dann tu's doch», sagte Flurina.

«Das geht nicht. Wir können das Hotel nicht einfach schliessen.»

«Nicht ihr sollt wegfahren. Nur du.» Sie schaute über Adelinas Schulter zum Nebentisch. «Wer ist das da hinter dir?»

Adelina drehte sich um und lachte. «Das ist die Groupe de résistance.»

Einer schaute zu ihnen herüber, und Adelina winkte ihm zu. Er lächelte zurück. «Der mit den schönen schwarzen Haaren ist Dani. Ursprünglich Informatiker. Er ist vor ein paar Jahren hierhergezogen. Neben ihm sitzt seine Frau, Monica. Die anderen drei kenne ich nicht so gut. Kommen alle aus Nival. Sie haben manchmal etwas schroffe Methoden. Aber sie wehren sich wenigstens. Doch bevor das in deinem nächsten Artikel steht», sie boxte Flurina leicht in die Seite, «von mir weisst du nichts.»

Dani erhob sich und kam zu ihnen herüber. Er küsste Adelina rechts und links auf die Wange. Dann wandte er sich Flurina zu. «Du bist also die Journalistin.»

«Ich bin Journalistin, ja.» Flurina faltete an ihrer Serviette herum.

«Sei nicht so bescheiden. Sie ist es, die diese Artikel über das Kongresszentrum schreibt», klärte Adelina den jungen Mann auf.

Flurina knautschte die Serviette zusammen. «Ich würde gerne mal mit einem von euch sprechen.»

«Worüber?»

«Über das, was hier abgeht», antwortete Adelina.

Er schaute um sich. «Was geht denn hier ab?»

«Du kannst ihr vertrauen, sie ist auf unserer Seite», sagte Adelina und schaute zur Theke. «Gibt es nichts zu trinken?»

Er ging nicht auf ihre Frage ein. «Dann komm doch mal in die ‹Staziun›.»

«Welche ‹Staziun›?»

«Die Bahnstation von Nival. Dort ist jetzt ein Bistro drin», antwortete Adelina.

«Wird dir gefallen. Hat sich anscheinend noch nicht bis

Zürich herumgesprochen. Also bis dann.» Er ging wieder an seinen Tisch zurück.

Flurina beobachtete, wie seine Freundin auf ihn einredete, als er sich wieder gesetzt hatte und mit der Faust auf die Tischplatte schlug. Er wollte ihr über den Rücken streichen, wohl, um sie zu beruhigen, doch sie stiess seine Hand weg.

«Was ist denn mit denen los?», fragte Flurina Adelina.

«Die ist immer etwas eifersüchtig. Das ist normal. Die sollte mal endlich schwanger werden. Die üben auch schon lange.»

«*Viva!*», sagte Gian. Eine Servierfrau hatte in der Zwischenzeit die Getränke gebracht.

Zur Vorspeise tranken sie weissen, danach roten Wein. Adelina leerte ein Glas nach dem andern. Sie wurde immer gesprächiger.

«Schau mal die da drüben. Die kann auch nicht warten.»

«Ich weiss nicht, was du meinst», sagte Gian.

«Die Leta, unsere Dorflehrerin.»

«Die kümmert sich um die Kinder. Das ist doch in Ordnung.» Gian spielte mit einem Bierdeckel.

«Ich finde, die Clalüna kümmert sich ein wenig zu stark. Vor allem um den Witwer.»

Flurina beobachtete, wie Leta Clalüna der kleinen Lea etwas im Teller zerkleinerte.

«Und wenn es so wäre, ist es verboten, sich zu trösten?» Gian warf den Bierdeckel auf den Tisch.

«Die haben sich schon vorher getröstet.» Adelina nahm einen grossen Schluck Wein.

«He, nicht so laut. Das ist doch nur blödes Geschwätz, Gerüchte.» Gian nahm ihr das Glas aus der Hand und stellte es ausser Reichweite.

«Hartnäckige Gerüchte», erwiderte Adelina.

«Adelina, du bist betrunken», sagte Flurina sanft.

«Kann sein, aber es stimmt trotzdem.» Sie lehnte sich über den Tisch, griff nach ihrem Glas. «*Viva,* Florin.» Sie hielt ihm das fast leere Weinglas entgegen. Er prostete zurück.

«Der arme Florin hat sich von seiner erfolgreichen Frau vernachlässigt gefühlt. Welcher Mann hält das schon aus», lästerte Adelina weiter.

«Nun hör aber auf!», fuhr Gian dazwischen.

«Ist doch wahr! Was gilt ein Mann hier oben, der den Kindern den Hintern putzt und die Socken bügelt?»

«Das ist nicht nur hier oben so», bestätigte Flurina.

«Egal. Das sieht ein Blinder, dass die beiden etwas miteinander haben. – Da haben Sie Ihr Motiv, Frau Komissarin», lallte Adelina. «Ausserdem muss ich aufs Klo. Und zwar sofort.» Sie stand ruckartig auf, wobei beinahe der Stuhl nach hinten kippte.

«Warte, ich komme mit.» Flurina ging ihr hinterher.

«Ich sehe voll scheisse aus», sagte Adelina zu ihrem Spiegelbild.

«Du hast nur zu viel getrunken.»

«Das kann man wohl sagen.»

Leta Clalüna kam zur Toilette herein. Adelina stellte sich ihr in den Weg. «Na, Frau Lehrerin? Bist du nun zufrieden?»

«Zufrieden womit?»

«Jetzt hast du, was du wolltest.»

«Nun lass mal, Adelina.» Flurina nahm sie am Arm. «Wir bringen dich nach Hause.»

«Ich weiss nicht, wovon du sprichst. Bitte lass mich durch. Ich muss zur Toilette», sagte die Lehrerin.

«Komm Adelina, wir gehen.» Flurina öffnete die Tür und blockierte sie mit ihrem Schuh. Von aussen drangen Lärm und der Geruch des Essens herein.

«Jetzt mach dir nicht in die Hosen. Du wolltest es wissen», sagte Adelina zu ihr.

Flurina versuchte, sie ins Restaurant zu ziehen, doch Adelina krallte sich am Türrahmen fest.

«Hast du Franziska umgebracht?», fragte Adelina Leta Claluna.

«Wie bitte?» Die Lehrerin blickte die beiden Frauen fassungslos an. «Du bist ja betrunken. *Tuot stuorna.* Wieso sollte ich so etwas tun?»

«Damit du ihren Mann bekommst.»

«Was soll ich mit Florin?»

«Na was wohl.»

«Ich habe mich um die Kinder gekümmert.»

«Und um ihn.»

«Blödsinn!»

«Die Mutter hast du ihnen genommen. Aber da hast du dich geirrt. Die kann man nicht so einfach ersetzen. Und deshalb gehe ich jetzt nach Hause zu meinen Kindern.»

«Mach das. Ist sicher keine schlechte Idee. Und grüss mir deinen Andri!»

Adelina erhob drohend eine Faust gegen Leta Claluna, doch Flurina hielt sie zurück und bugsierte sie in die Wirtsstube.

«Ich bin mit Flurina Filli nicht weitergekommen», sagte Yvonne in den Hörer hinein. Nach mehreren Versuchen hatte sie ihren Chef doch noch erreicht.

Am anderen Ende war es still.

«Vielleicht könnte man auch …»

«Sie machen erst mal nichts. Wir versuchen das anders zu lösen», fiel ihr Tobler ins Wort.

«Soll ich wieder nach Zürich zurück…?»

«Nein, Sie bleiben da. Ich melde mich.» Er hatte den Hörer aufgelegt, ohne sich zu verabschieden.

Am liebsten hätte sie ihre Koffer gepackt. Stattdessen liess sie sich aufs Bett fallen. War das nun ihr neuer Job? Warten und sich zur Verfügung halten? Und was hatte Tobler mit «anders lösen» gemeint?

Nachdem sie Adelina bei Andri in der «Posta veglia» abgeliefert hatten, beschloss Flurina, nicht mit Gian nach Guardaval hochzufahren. Sie wollte allein sein, und ausserdem ging es ihr auf die Nerven, wie Gian sich für Leta Clalüna und Florin eingesetzt hatte.

Dass die beiden etwas zusammen hatten, war ziemlich offensichtlich. Doch als kaltblütige Mörderin konnte sie sich die Clalüna nicht vorstellen. Eher noch den schweigsamen Florin. Aber wieso wurde dann Franziska in Zürich überfahren und nicht hier?

Sie würde zu Fuss nach Guardaval hochsteigen. Das Wetter war gut, die Sonne warf bereits lange Schatten über die Wiesenhänge und ein bisschen Bewegung konnte nicht schaden nach dem üppigen Essen. Sie nahm den Weg, der von Sursass zur Eisenbahnstation von Flaun führte, und stieg dann Richtung Flaun-Dorf hoch, das wie Guardaval oben am Berg lag.

Flurina war etwa auf halber Höhe, als sie hinter sich ein tiefes Brummen hörte. Sie ging ein paar Schritte zur Seite und drehte sich um. Ein Traktor kam auf dem Strässchen den Berg herauf. Doch anstatt an ihr vorbeizufahren, hielt er direkt auf sie zu. Sie lief in die Wiese hinein, um auszuweichen, aber das grüne Monster folgte ihr. Sie blickte zum Führerstand, konnte jedoch nichts erkennen ausser den Bergen hinter ihr, die sich im Glas spiegelten. Flurina rannte weiter hinauf in der Hoffnung, dass es da zu steil wurde und ihr der Wagen nicht mehr folgen konnte. Nach ein paar Schritten schaute sie zurück. Das Gefährt war stehen geblieben, das Motorengeräusch verstummt. Sie sah etwas Blaues, das sich in der Kabine bewegte. Die Tür öffnete sich und ein Mann im Übergewand stieg aus. Schnell duckte sie sich.

«Was machst du da oben?»

Die Stimme kam ihr bekannt vor. Peider? Sie war mit ihm in die Schule gegangen. Vorsichtig stieg sie den Hang hinunter. Jetzt sah sie sein breites Lachen, die schmale, grazile Nase. Seine Haare waren fast so blond wie früher.

«*S-chüsa!* Habe ich dich erschreckt?»

«Das kann man wohl sagen!»

«Wollte dir nur eine kleine Vorführung geben. Wie wendig der ist.»

Flurina war auf seiner Höhe angekommen. Er streckte ihr die Hand entgegen.

«Was machst du überhaupt hier?»

Sie erzählte ihm von der Beerdigung.

«Habe ich gehört. *Quai es üna vaira roba,* schlimme Sache.» Er überlegte kurz. «Aber das Leben geht weiter. Kann ich dich zu einer Spritztour einladen?»

«Mit diesem Ding?»

«Das ist kein Ding, das ist ein John Deere, mit Panoramablick, Klimaautomatik, Monitor mit Touchscreen, Dachscheinwerfer, Lärmdämmung im Kabinendach …»

«Aber fliegen kann er nicht.» Sie schaute den Traktor genauer an. Er musste nigelnagelneu sein. Die gelben Felgen leuchteten. Der Vorderteil erinnerte sie an eine nach unten gebogene Hundeschnauze.

«Und?», fragte Peider.

«Was und?»

«Lust auf eine Probefahrt?»

«Aber ich sage, wohin.»

Peider hielt ihr elegant die Tür auf. «Aber natürlich. Darf ich bitten?»

Flurina kannte den Bahnhof von früher. Hier waren sie oft auf dem Weg ins Oberengadin durchgefahren. Die Station Nival, die zwischen Sursass und Guardaval lag, war schon seit Längerem nicht mehr bedient, obwohl die Züge noch hielten. Das lachsfarbene Bahnhofsgebäude, das mehr wie ein Wohnhaus wirkte, sah immer noch gleich aus. Nur die Stühle, Tische und Sonnenschirme, die davor standen, waren neu. Neben dem Brunnen war Gians anthrazitfarbener BMW parkiert.

Sie hatten viel gelacht auf der Herfahrt. Flurina konnte sich nicht erinnern, dass Peider so lustig und unterhaltsam war. Er hatte den Hof seines Vaters übernommen, auf bio umgestellt, sich kürzlich einen neuen Wagenpark zugelegt und das Haus renovieren lassen. Das Geschäft schien zu rentieren.

Peider stellte den Motor ab. Flurina blieb sitzen.

«Alles okay?»

Sie nickte. Sie hatte keine Lust, Gian zu treffen. Viel lieber hätte sie sich noch ein wenig mit Peider alleine unterhalten.

«Sollen wir woanders hingehen?», fragte dieser.

«Nein, schon gut.»

Sie stiegen aus und betraten das Bahnhofsgebäude, in dem nun das Bistro, die «Staziun», untergebracht war. Der ganze Raum war hell getäfert, die Tische und Stühle ebenfalls aus hellem Holz, die Bar aus dunklem Scobalit. Hohe Bogenfenster mit Holzsprossen warfen fahles Licht in den Raum.

Nur einer der drei Tische war besetzt. Gian war nicht da. Vielleicht sass er draussen auf der anderen Seite des Gebäudes. Flurina verzichtete darauf, nachzuschauen.

Sie setzten sich an den vordersten Tisch und bestellten je *üna biera da Tschlin.* Peider erzählte ihr, was er die letzten Jahre gemacht hatte, von seiner Beziehung, die in die Brüche gegangen war, und wie schwer man es hier hatte, eine Frau zu finden, die auf dem Hof mitarbeitete. Nach dem zweiten Bier rückte er etwas näher und legte ihr den Arm um die Schulter.

Flurina versuchte sich vorzustellen, wie es wäre, hier als Bäuerin zu leben. Mit dem Boden verbunden zu sein, auf dem und von dem man lebte. Sie stellte sich Peider vor, wie er am Abend verschwitzt vom Feld kam und wie sie sich zwischen den Bettlaken liebten, die den ganzen Tag auf dem Fensterbrett in der Sonne gehangen hatten. War es Zufall, welches Leben man lebte?

«Und wie ist das bei dir?», fragte Peider.

«Was ist wie bei mir?»

«Hörst du mir überhaupt zu?» Peider tat beleidigt.

«Ich habe überlegt, wie es wäre, eine Bäuerin zu sein.»

«Das ist schnell erzählt. Schuften den ganzen Tag, am Abend einen dreckigen Mann am Tisch und schreiende Kinder.»

«Wenn du dich so verkaufst, musst du dich nicht wundern, wenn du keine findest.»

«So hat es meine Ex formuliert. Ist jetzt mit einem Werber zusammen, der in Sursass eine Agentur gegründet hat.»

«Immerhin ist sie hier geblieben.»

«Das nützt mir nicht viel.»

«Ich dachte immer, dass Beziehungen hier oben stabiler sind.»

«Wieso das?»

«Weil man in einem Bauernbetrieb mehr voneinander abhängig ist.»

«Es sind nicht alles Bauern.»

«Stimmt. Bei Florin und Franziska schien es auch nicht zum Besten gestanden zu haben», versuchte sie das Gespräch auf Franziska Padrun zu lenken.

«Wer sagt das?»

«Adelina zum Beispiel.»

«Die soll sich lieber um ihren eigenen Kram kümmern.»

«Wieso?»

«Deshalb.» Er hob den Daumen zu seinem Mund und neigte den Kopf nach hinten.

«Jetzt hör aber auf!» Sie wuschelte über seine strohigen Haare.

«Mich würde trotzdem interessieren, was du hier machst. Kommst nach so vielen Jahren wieder her, nur wegen einer Beerdigung? Hast du denn noch Kontakt gehabt zu den Padruns?»

Flurina wollte ihm nichts von ihrer Vermutung erzählen, dass Franziska Padrun umgebracht worden war, doch das Engadiner Bier hatte sie gesprächig gemacht. Vielleicht konnte ihr Peider sogar weiterhelfen? Nachdem sie ihren Verdacht geäussert hatte, wurde er seltsam ruhig.

«Ich glaube, ich sollte langsam gehen.» Flurina wollte ihm gerade widersprechen, als sich die Tür zum Bistro öffnete.

«So schnell sieht man sich wieder!» Dani zog einen Holzstuhl heran und setzte sich zu ihnen.

«Ich muss dann mal. Mein Hof wartet», sagte Peider und erhob sich.

«Danke für die Fahrt», wollte Flurina noch sagen, doch er war bereits in die Nacht verschwunden.

«Was hast du mit dem zu tun», fragte Dani.

«Wir sind zusammen zur Schule gegangen. Wieso?»

«Ich dachte, du bist gegen das Zentrum.»

«Ich bin vor allem gegen die Machenschaften dieser Alpina.»

«Ja, genau, das meine ich.»

«Das verstehe ich nicht.»

«Woher, glaubst du, hat Peider seinen neuen Traktor?»

«Das ist nicht wahr!»

«Doch!»

«Kannst du das beweisen?»

«Natürlich nicht.»

Dani sass geknickt da und starrte auf die frisch abgeschliffene Tischplatte. Er hatte seine Haare hinten zusammengebunden. Erst jetzt bemerkte Flurina seine dunklen Augenränder. Es schien ihm nicht besonders gut zu gehen.

«Sie war eine fantastische Frau», sagte er nach einer Weile.

«Ja, das war sie», bestätigte Flurina.

«Möchtest du auch noch ein Bier?», fragte Dani unvermittelt.

«Gerne.»

Er stellte ihr eine Bierflasche hin und kickte mit dem Boden seiner Flasche an deren Rumpf. *«Viva!»*

«Was machst du eigentlich?», fragte Flurina.

«Du meinst beruflich?»

Flurina nickte.

«Dasselbe, das ich in Zürich gemacht habe. Ich programmiere.»

«Und das geht von hier aus?»

«Der Vorteil des Internets. Ab und zu muss ich natürlich nach Zürich, die Kunden persönlich treffen. Wir haben da ein Zimmer. Monica arbeitet auch zweimal die Woche da, als Grafikerin in einer Agentur.»

«Monica, das ist deine Freundin?»

«Frau.»

«Ihr habt aber keine Kinder, oder?»

«Nein. Monica …»

Mit einem Knall wurde die Tür aufgeschlagen. Dani liess die Flasche sinken, die er soeben hatte ansetzen wollen. Monica stand unter der Tür. Sie war so weiss wie der Piz Tschütta im Winter und hatte Tränen in den Augen. «Die Scheune brennt!»

Ohne weitere Worte abzuwarten, rannte Dani hinaus. Flurina und Monica folgten ihm.

Man sah den orangen Schimmer schon von Weitem.

«Hast du die Feuerwehr angerufen?», fragte Dani Monica ausser Atem, als sie vor der brennenden Scheune standen.

«Ja, die kommen von Sursass. Müssten jeden Moment da sein.» Flurina lauschte in die Nacht, doch es war nichts zu hören.

Dani rannte dem Holzgebäude entlang hin und her wie ein

Tiger im Käfig, nur dass er statt von Gitterstäben von der Hitze des Feuers zurückgehalten wurde.

«Was machen wir jetzt?», fragte Monica.

«Ich glaube nicht, dass wir viel tun können», antwortete Flurina. «Zum Glück sind die anderen Häuser weit genug entfernt.»

«Das war diese Alpina!», polterte Monica.

«Wie meinst du das?», fragte Flurina.

«Es passieren merkwürdige Dinge in letzter Zeit.»

«Komm, Monica, nicht jetzt.» Dani hatte sich zu ihnen gesellt. Er schien sich etwas beruhigt zu haben.

«Wieso nicht? Soll sie doch alles erfahren. Worüber habt ihr denn vorhin gesprochen? Sah ziemlich geheimnisvoll aus, wie ihr da in der ‹Staziun› gesessen seid.»

«Wir haben uns zufällig getroffen.»

«Zufall hin oder her. Das ist doch egal.»

Dani schüttelte den Kopf.

«Was meinst du mit ‹merkwürdig›», nahm Flurina den Faden wieder auf.

«Zuerst diese Drohungen, dann der Tod von Franziska.»

Dani sagte nichts, er starrte ins Feuer.

«Was für Drohungen?», wollte Flurina wissen.

«Die Anrufe zum Beispiel.»

«Und da hat man euch gedroht?»

«Nicht direkt. Es meldet sich nie jemand. Immer wird aufgelegt. Aber nur diejenigen werden terrorisiert, die gegen den Landverkauf und somit gegen das Zentrum sind.»

«Das sind Kindereien», mischte sich Dani wieder ein. «So etwas kann man nicht ernst nehmen.»

«Und das hier ist auch eine Kinderei?»

«Es ist ja niemandem etwas passiert», versuchte Dani sie zu beruhigen.

«Und was kommt als Nächstes?»

Er legte seinen Arm um Monica. Sie wehrte ihn ab.

«Lass mich. Ich gehe, ich kann hier sowieso nichts mehr tun.»

Aus der Dunkelheit ertönte das Martinshorn.

10

Als Flurina am nächsten Morgen erwachte, war Gian weg. Er hatte sie nicht geweckt und alleine gefrühstückt. Ein Eierbecher mit einer leeren Schale stand auf dem Tisch, neben Brosamen lag die «Südostschweiz». Flurina blätterte sie durch. Vom Brand von Danis Scheune stand nichts drin. Scheinbar hatte es vor Redaktionsschluss nicht mehr gereicht. Im hinteren Teil war ein Hinweis auf die Abstimmungsvorlage vom Wochenende.

Sie musste unbedingt Huber anrufen und ihm erzählen, was sie erfahren hatte.

Ihr Handy klingelte. Es war ihre Mutter. Sie fragte, ob sie nun morgen zur Abschiedsfeier ihres Vaters komme. Es gebe einen Apéro im Restaurant Rätia.

Flurina wusste nicht was sagen. Es gab nur einen Grund da hinzugehen, nämlich der Mutter einen Gefallen zu machen. Sie tat ihr leid. Versuchte immer, eine Brücke zwischen ihr und ihrem Vater zu sein, und wollte nicht akzeptieren, dass sie einfach zu weit auseinander standen. Doch ihrer Mutter zuliebe auf heile Familie zu machen, dazu hatte sie keine Lust.

«Ich habe hier zu tun. Es geht leider nicht. Wieso seid ihr nicht zur Beerdigung gekommen?»

«Wir hatten es vor, aber dein Vater fühlte sich nicht wohl. Nichts Ernstes. Es geht ihm wieder gut. Wir haben deinen Bericht in der Zeitung gelesen. Ich dachte, ihr schreibt nichts darüber?»

«Das dachte ich auch.»

«Bist du immer noch in Sursass?»

«Du meinst in Guardaval.»

«Du bist in Guardaval?»

«Ja, bei Gian.»

Die Mutter schwieg. «Hast du Lina getroffen?», fragte sie nach einer Weile.

«Du meinst die *tanta* von *bap?* Nein.»

«Möchtest du ihn sprechen? Er sitzt gerade neben mir.»

Flurina wollte sagen, dass sie eigentlich keine Zeit habe, doch da meldete sich bereits ihr Vater.

«Hallo *bap*. Wie geht's?»

«Du bist in Guardaval? Hast du Tante Lina gesehen?»

«Nein, hab ich nicht, das habe ich Mam schon gesagt. Aber ich kann sie besuchen, wenn das so …»

«Sie ist ziemlich alt. – Dann kommst du nicht?»

«Nein, auch das habe ich Mam bereits gesagt. Du, ich muss los. Sollte dringend mit der Redaktion telefonieren. Mach's gut. *Chau!*» Flurina setzte sich an den Tisch und goss den Rest Kaffee in eine Tasse. Er war lauwarm.

Ihr Vater war noch wortkarger als sonst gewesen. Lag vielleicht an der Pensionierung. War für ihn sicher nicht einfach. Und für ihre Mutter auch nicht. Sie sah ihren Vater, wie er ihr beim Staubsaugen zusah. Die beiden mussten sich nun neu organisieren und herausfinden, ob sie einander 24 Stunden am Tag ertrugen.

Flurina rief Huber an, doch es war besetzt. Das konnte dauern. Sie beschloss, ihm eine Mail zu schicken. Sie schaltete Gians Computer an, damit sie für ihren Laptop Zugang zum WLAN hatte.

Nachdem sie ihr Mailprogramm gestartet hatte, begann der Computer automatisch, die Mails herunterzuladen. Es waren über vierzig Stück. Die meisten Spam.

Sie sah die Liste durch und blieb an einer Nachricht hängen. Das konnte nicht sein! Sie klickte sie an. Es war eine Mail von Franziska Padrun. Kurz nach Mitternacht abgeschickt. Mit ihrer Mailadresse als Absender: franziska.padrun@gmx.ch.

«Wenn du wissen möchtest, wer mich umgebracht hat, dann komm heute Mittag nach Salez zur Scheune.

F.»

War das ein Scherz? Hatte eines von Franziskas Kindern mit ihrem Computer gespielt? Aber für so etwas waren die beiden Mädchen doch noch viel zu klein. Oder stand F. für Florin? Und was sollte die Geheimnistuerei?

Flurina schaute auf die Computeruhr. Es war 11 Uhr 32. Sie musste sofort los. Salez war ein verlassener Weiler oberhalb von Guardaval. Bis dort hinauf brauchte sie mindestens eine halbe Stunde. Zum Duschen reichte es nicht mehr. Und Huber konnte sie später noch anrufen. Sie bändigte ihre Haare zu zwei Zöpfen, schlüpfte in die Kleider vom Vortag und machte sich auf den Weg.

Es war ziemlich heiss. Sie hatte vergessen, eine Wasserflasche mitzunehmen. Ein Murmeltier pfiff mutig, als es sie witterte, um danach gleich in seiner Höhle zu verschwinden.

Der Weiler bestand aus zwei verlotterten Wohnhäusern und einer Scheune. Er stand auf einer kleinen Lichtung, umgeben von Lärchen. Ausser dem Plätschern des Brunnens war es ruhig. Flurina liess das Wasser über die Handgelenke laufen, nahm einen grossen Schluck und legte die nassen Hände um ihren Hals. Sie ging um die beiden Häuser herum zur

Scheune. Es war niemand zu sehen. Die Tür war angelehnt. Sie spähte hinein, konnte aber in der Dunkelheit nichts erkennen. Sie glaubte, ein Knacken zu hören. War da jemand? Das musste eine Katze sein. Oder sonst ein Tier. Langsam stiess sie die Tür auf und lehnte sie hinter sich wieder an. Sie wartete, bis sich ihre Augen an die Dunkelheit gewöhnt hatten. Langsam bildeten sich Konturen. Rechts von ihr lag Heu. Links ging eine Holzleiter in den oberen Stock. Sonst war die Scheune leer.

Sie stieg die Leiter hinauf, wobei sie die Sprossen mehr ahnte als sah. Sie griff nach der obersten, schrie auf, liess sie wieder los. Beinahe wäre sie hinuntergefallen. Im letzten Moment konnte sie sich am zweitobersten Tritt festhalten. Ihre Hand fühlte sich feucht an. Sie roch daran. Es stank. Das musste Kot von Mardern sein. Sie streifte den Dreck an der Seite der Leiter ab. Dann ging sie hinauf, die oberste Sprosse liess sie diesmal aus.

Die Galerie im oberen Stock war gegen unten nicht gesichert. Vorsichtig trat sie auf die Planken, die bei jedem Schritt leise knarrten. Jetzt hörte sie wieder ein Scharren vom Heustock her. Doch diesmal war sie sicher, dass es keine menschlichen Geräusche waren. Sie tappte der Dachschräge entlang, hielt inne. Was suchte sie eigentlich? Auch hier oben schien niemand zu sein. Vielleicht sollte sie es in den Wohnhäusern versuchen. Sie beschloss, wieder hinunterzusteigen, da sah sie vor sich eine dicke Kordel, an der ein Zettel hing. Sie konnte ihn in der Dunkelheit knapp entziffern. «Es gibt keine Zufälle», stand darauf. Sie folgte dem Seil, das irgendwo am Giebel angemacht sein musste, sah aber nichts. Sie zog daran. Es geschah nichts. Sie zog stärker. Sie sah noch schwach, wie sich eine Dachluke öffnete. Dann fiel eine riesige Staubwolke auf sie herunter. In ihre Augen, in den Mund. Sie spuckte und schüttelte sich. Betrachtete den Staub auf ihrer Hand. Aber es war keiner. Es waren Nachtfalter. Tote Nachfalter.

Flurina schrie auf, wäre beinahe die Galerie hinuntergestürzt, konnte sich gerade noch an einem Balken festhalten. Sie stieg, so schnell sie konnte, die Leiter hinunter, langte dabei wieder an die verkotete Sprosse, lief zur Tür, wollte sie aufstossen, doch sie liess sich nicht mehr öffnen. Sie schlug dagegen, holte Anlauf, versuchte, sie zu rammen. Sie rüttelte und rüttelte. Plötzlich sprang die Tür auf. Von draussen schlug ihr der Sommer entgegen, das Sonnenlicht blendete sie und war zugleich eine Erlösung. Sie wusch ihre Hände im Brunnen, dann wischte sie die Insekten von Schultern, Armen und Beinen, öffnete die Zöpfe und schüttelte die Haare kopfüber aus. Obwohl es heiss war, zitterte sie am ganzen Leib.

Das waren nur Insekten, versuchte sie sich zu beruhigen, ein paar tote Insekten und irgendwelche *excremaints.*

Sie lief den Berg hinunter, bis der Weiler ausser Sichtweite war. Dann setzte sie sich auf die Wiese. Es war ihr, als hätte sie eine ähnliche Situation schon einmal erlebt. Es hatte mit Dunkel und Hell zu tun. Doch sie kam nicht darauf, was es war.

Sie rief Gian an. In seinem Büro meldete sich nur der Anrufbeantworter. Das Handy hatte er abgestellt.

«Was hast du an meinem Computer gemacht?», fragte Gian barsch, als sie sein Haus betrat.

«Du bist gar nicht im Büro.»

«So, wie es scheint, nicht. Hab was vergessen. – Aber wie siehst du denn aus!»

Flurina hatte auf einmal keine Lust mehr, ihm die Geschichte zu erzählen. «Ich geh mal duschen.»

«Ich muss mit dir reden.»

«Ah ja?» Sie zog ihre Hose aus und liess sie auf den Boden fallen.

«So geht das nicht.»

«Was!»

«Ich finde, du musst dich entscheiden.»

«Wie entscheiden?» Sie zog das T-Shirt über den Kopf.

«Du weisst schon, was ich meine.»

«Nein, ich weiss es nicht. Sonst würde ich nicht fragen.» Nun war der Slip an der Reihe.

«Peider.»

«Was soll mit dem sein?» Sie stand nun nackt vor ihm. Nur die Socken hatte sie noch an.

«Ich habe euch gestern gesehen. In Nival.»

«Herrje. Peider ist ein Kumpel, weiter nichts.»

«Das hat aber anders ausgesehen, wie ihr da zusammen am Tisch rumgemacht habt. Ich habe euch beobachtet, als ich aufs Klo ging.»

«Wir haben nicht rumgemacht.»

«Und wieso bist du dann so spät nach Hause gekommen?»

«Danis Scheune hat gebrannt.»

«Du warst da?»

«Ja. Sonst noch Fragen?»

«Wieso hat es denn gebrannt?»

«Was fragst du mich? War sicher wieder diese Alpina. – Ich gehe duschen.»

«Mit den beiden Kumpels da?» Er zeigte auf ihre Socken.

Sie schaute auf ihre Füsse. «Nein, allein.» Sie zog eine Socke aus und schleuderte sie Gian ins Gesicht.

«Eine Fehdesocke? Na warte!» Gian hob sie auf und schwang sie kreisend in der Luft.

Flurina rannte kreischend ins Bad, er hinterher.

«*Merda!* Ich muss mich unbedingt bei Huber melden. Sonst hat es keinen Platz mehr für meinen Artikel.» Flurina nahm das Leintuch und wickelte es um ihren Körper.

«Willst du ihn so anrufen?»

«Wieso nicht? Er sieht mich ja nicht. Kann ich das Festnetz benutzen?»

Huber nahm bereits nach einem Mal Läuten ab, wie wenn er auf ihren Anruf gewartet hätte.

Flurina kam nicht dazu, ihm zu sagen, wieso sie ihn anrief. «Wir sollten unbedingt noch etwas bringen vor dem Abstimmungswochenende. Es eilt langsam. Hast du etwas herausgefunden?», wollte er wissen.

«Zum Tod von Franziska Padrun nicht wirklich. Florin, der Mann von Franziska, hatte angeblich ein Verhältnis mit der Dorflehrerin. Doch das ist nicht bestätigt. Ich trau der Frau keinen Mord zu. Ihm schon eher. – Aber da ist noch etwas.»

«Nun mach es nicht so spannend.»

«Es scheint, dass hier verschiedene Leute zu Geld gekommen sind. Da werden Wagenparks aufgemotzt und Häuser renoviert. Finde ich etwas ungewöhnlich.»

«Das hat was. Kannst du dem nachgehen? Wir bräuchten Beweise. Das wäre sensationell, wenn eine Gemeinde vor einer Abstimmung geschmiert würde.»

«Und noch etwas Weiteres gibt es.»

«Du scheinst dich aber tüchtig ins Zeug gelegt zu haben.»

«Ich habe eine E-Mail erhalten. – Von Franziska Padrun.»

Sie konnte Huber am anderen Ende sehen, wie er mit Daumen und Zeigefinger über seinen Dreitagebart strich. Nun würde er dann gleich zu seiner Brille greifen.

«Da spielt dir jemand einen Streich. Was stand denn drin?»

Flurina erzählte ihm die Geschichte. Dass sie bereits jahrelang von Nachfaltern träumte, behielt sie jedoch für sich.

«Tönt mir eher nach einem blöden Bubenstreich. Ich habe jeden Tag Mails von Leuten im Briefkasten, die nicht wissen, dass sie mir welche geschickt haben. Oder glaubst du an Geister?»

Sie hörte deutlich Knabbergeräusche. Er musste sich am Bügel seiner Brille zu schaffen machen. «Natürlich nicht. Hat sich der anonyme SMS-Schreiber nochmals gemeldet?»

«Nein. Und es scheint aussichtslos, herauszufinden, woher diese SMS kam. – Aber versuch du möglichst viel über diese Schmieraffäre herauszubekommen. Das wäre der Knüller.»

Flurina legte auf und wählte sogleich eine neue Nummer.

«Adelina, ich muss dich sprechen. Es ist wichtig. – Um zehn? Nach dem Nachtessen? – Okay.»

Flurina ging ins Schlafzimmer. Gian lag immer noch im Bett.

«Ich muss heute Abend nach Sursass. Fährst du mich hin?»

«Das geht leider nicht. Ich muss ins Büro – gleich.»

«Aber kannst du nicht etwas später …»

«Nein, kann ich nicht.»

«Jetzt sei nicht so stur. Ist das die Strafe?», wollte Flurina wissen.

«Die Strafe wofür?»

«Peider.»

«Sind wir hier im Kindergarten? Du eins mir, ich eins dir?»

«Scheinbar.»

«Ich habe das vorhin ernst gemeint.»

«Dass du mich nicht fahren kannst?»

«Nein, dass du dich entscheiden sollst.»

«Ich finde, es gibt nichts zu entscheiden. Im Moment jedenfalls.»

«Wenn du meinst!» Gian stand auf und ging ins Badezimmer.

«Jetzt warte mal!»

Er knallte ihr die Tür direkt vor der Nase zu. Flurina hörte, wie er den Schlüssel drehte.

«Okay, verstanden! Dann suche ich mir etwas anderes zum Übernachten!», rief sie ins verriegelte Badezimmer, riss sich das Bettlaken, das sie um sich geschlungen hatte, vom Leib und warf es gegen die Tür.

«Komm, wir setzen uns in die Küche.» Adelina sah müde aus. Die Kinder seien krank, und sie schien auch leicht angeschlagen zu sein. «Was möchtest du trinken? *Üna biera?*»

«Schi, gugent.»

Sie kam mit einer Stange und einem Tee zurück. Flurina glaubte, einen leichten Duft von Grappa zu riechen.

«Seid ihr immer noch ausgebucht?»

«Nein, die Gruppe ist heute Morgen abgereist. – Ach, deshalb deine Tasche. Bist du bei Gian rausgeflogen?»

«Nein, ich bin freiwillig gegangen. Er ist eifersüchtig. Auf Peider.»

«Wolltest du mich deshalb sprechen? Weil du eine neue Bleibe suchst?»

«Nein, nicht deshalb. Aber es geht auch um Peider.»

«Und wieso ist Gian eifersüchtig?»

«Aus irgendwelchen unerklärlichen Gründen. Ich solle mich entscheiden, hat er gesagt. Aber das kann ich nicht. Das ist mir zu früh.»

«Du möchtest dich gar nicht entscheiden.»

«Vielleicht.»

«Möglichst alles offenlassen, bis es nichts mehr zu entscheiden gibt.»

«Wie meinst du das?»

«Du kommst mir vor wie Paare, die nicht wirklich Kinder wollen, aber wenn es passiert, dann passiert es halt. Die haben sich nicht entschieden. Und doch für zwanzig Jahre die Folgen zu tragen.»

«Aber du hast dich entschieden. Du wolltest schon früher immer eine Familie, Kinder.»

«Ich sage nicht, dass Entscheiden alles ist. Man kann sich auch falsch entscheiden.» Sie blickte auf ihre Hände.

«He, Adelina!» Flurina sah, wie sich eine Träne den Weg Richtung Mund bahnte. «Du solltest mal ausspannen. Kannst du keine Vertretung im Hotel einstellen?»

«Das geht nicht wegen des Geldes. – Und was war die zweite Sache mit Peider?»

«Ich habe ihn getroffen.»

«Das nehme ich an, sonst wäre Gian wohl nicht sauer geworden. – Wo?»

«Zwischen Flaun-Station und Flaun-Dorf.»

«Und was habt ihr da gemacht?»

«Das ist doch egal.»

«Ah ja?»

«Er war doch immer ein Hänger in der Schule.»

«Stimmt. Zu den Schlausten gehörte er nicht. Hat sich aber gut gemacht, der Junge.»

«Weisst du von seinem neuen Wagenpark?»

«Er hat einen Deere gekauft. Und?»

«Woher hat er das Geld?»

«Vielleicht geerbt. Oder einen Kredit aufgenommen. Was interessiert dich das?»

«Und sein Haus hat er auch renoviert.»

«Es wird viel renoviert in letzter Zeit.»

«Eben.»

«Was soll das heissen?»

«Ich glaube, die Leute in Sursass werden geschmiert.»

«Geschmiert?»

«Bestochen. Von der AlpinaInvest.»

«Was?»

Plötzlich stand Maya unter der Tür. Sie hatte knallrote Wangen.

Flurina betrachtete das Kind. Die rote Haut im Gesicht. Wie es sich die Augen rieb. Ihr Herz schlug schneller. Da war etwas. Ein flüchtiger Gedanke. Sie versuchte ihn festzuhalten, aber es ging nicht. Sie versuchte, an etwas anderes zu denken, in der Hoffnung, er käme wieder. Sie versuchte, sich zu erinnern. Doch hatte sie überhaupt etwas vergessen? Konnte man sich nicht nur an Dinge erinnern, die man vergessen hatte? Flurina griff nach dem Bierglas, ihre Hände zitterten.

«Was machst du denn da!» Adelina ging auf die Kleine zu, hielt ihr die Hand auf die Stirn und nahm sie hoch. «Kannst du nicht schlafen? Komm, *pitschna. Mamma* bringt dich wieder ins Bett.»

Flurina ging nach draussen. Sie brauchte frische Luft. Der Himmel war voller Sterne. Ein BMW fuhr am Hotel vorbei.

Gian!

Sie wollte winken, doch im letzten Augenblick liess sie die Hand sinken. Da sass jemand auf dem Beifahrersitz. Der Frisur nach musste es eine Frau sein.

«Ach, da bist du.» Adelina stellte sich neben sie und zündete eine Zigarette an.

«Hast du mir auch eine?», fragte Flurina.

«Cler!»

Adelina blies den Rauch in den Abendhimmel und schaute ihm nach. «Ich glaube, du verrennst dich. Klar ist es traurig, dass Franziska tot ist. Aber dass diese Firma nun die Dorfbewohner bestechen soll? Das hätten wir mitgekriegt. Oder siehst du hier irgendwas Neues?»

Flurina schaute sich um. Doch es war alles dunkel.

«Nein, ehrlich. Wenn mir jemand Geld angeboten hätte, wüsste ich das und würde es nicht so schnell vergessen.»

Aus der Dunkelheit kamen zwei Gestalten. Adelina nahm die Zigarette hinter den Rücken und trat einen Schritt von der Tür weg. *«Buna not!»* Sie schaute den Gästen nach und wartete, bis sie im Haus verschwunden waren. «Es wird langsam kalt. Ich geh mal rein. Ich habe dir vorhin schnell ein Zimmer hergerichtet. Die Nummer 24. Die kennst du bereits. Schlaf gut und mach dir nicht so viele Gedanken.»

Vielleicht hatte Adelina recht. Flurina hatte sich aufs Bett gelegt, die Arme hinter dem Kopf verschränkt, und schaute durch die Dachluke nach oben. Sie sollte nach Hause fahren. Sie betrachtete die Sterne, die verschwanden, wenn sie sie direkt ansah. Das hatte mit der Lichtrezeption des Auges zu tun, hatte sie mal gehört. Bei Dunkelheit sah man in der Peripherie besser als im Zentrum, weil es dort mehr Rezeptoren gab, die für das Sehen bei Nacht wichtig waren.

Seltsam, dachte Flurina, dass man etwas weniger gut sieht, wenn man es direkt anblickt. Liess sich das auf ihre Recherchen übertragen? Steuerte sie zu direkt auf die Dinge zu und merkte nicht, was nebenher geschah? Sie drehte sich zur Seite. Ihr Magen knurrte. Sie hatte an diesem Abend noch nichts gegessen.

Flurina stieg die Treppe hinunter. Aus der *stüvetta* drangen Qualm und verrauchte Stimmen. Trotzdem ging sie hinein. Um den Stammtisch herum sassen fünf Männer. Der eine war der *postin*, der jeweils am Morgen die Zeitung brachte, neben ihm sass Florin. Die anderen drei, einer war ein Stück jünger und trug eine Polizeiuniform, kannte sie nicht. Die übrigen Tische waren leer.

Flurina grüsste und nahm zwei kleine Tüten Pommes Chips aus dem Körbchen, das auf der alten Anrichte rechts vom Eingang stand. Sie spürte, wie Florin sie beobachtete.

«Heckst du wieder einen tollen Artikel aus?», fragte der Stumpenraucher, der neben dem *postin* sass und von dem Flurina nicht wusste, wer er war.

«Wie bitte?» Flurina drehte sich der Runde zu. Die Männer sassen aufgereiht wie ein Fünfertribunal.

«Wieso gehst du nicht wieder nach Zürich und lässt uns hier in Frieden?», fragte der Stumpenraucher weiter.

«Merkst du nicht, was du tust? Lass die Toten ruhen.» Das war der Mann, der am nächsten und mit dem Rücken zu ihr sass. Er hatte sich umgedreht. Er musste über siebzig sein und hatte ein freundliches Gesicht. Seine Finger waren von der Arbeit aufgequollen und verbraucht. Er kam ihr bekannt vor, doch sie wusste nicht woher.

Florin sass vor seinem Bier und sagte nichts.

«Überlass die Sache der Polizei», meldete sich der junge Uniformierte zu Wort. «Statt in Wunden rumzustochern.»

«Steivan hat Recht», meinte der Stumpenraucher. «Und apropos Wunden. Ihr würdet euch besser um euren eigenen Mist kümmern.»

«Wie meinen Sie das? Und wer ist ‹ihr›?»

Auch Florin und die anderen schauten den Mann fragend an. Nur der Alte schüttelte den Kopf. «*Laschai,* lass sie doch!»

«Frag deine Eltern», forderte der Stumpenraucher sie auf.

«Was haben die damit zu tun?», fragte Flurina zurück.

«Sie haben es ihr nicht gesagt.» Er hatte sich dem alten Bauern zugewandt, der sein Bierglas drehte, wie wenn er damit etwas besänftigen wollte.

«Was gesagt?»

Plötzlich erschien Andri in der Tür. «So, *cumpogns,* es ist Polizeistunde. Darf ich einkassieren?» Er blickte zu Flurina. «Die Chips gehen aufs Haus. *Buna not.*»

Flurina wollte noch etwas sagen, doch die Männer waren mit Bezahlen beschäftigt. Als sie die *stüvetta* verliess, spürte sie die Blicke der Männer im Rücken. Sie kam sich vor wie ein Mädchen, das man ins Bett geschickt hatte.

11

Am nächsten Morgen rief Flurina Huber an und teilte ihm mit, dass sie noch keine handfesten Beweise habe. Ausserdem habe sie genug von all diesen Sturköpfen hier oben.

Sie hörte nur ein Raspeln. «Ich weiss, was du jetzt denkst. Aber behalt es für dich», bat sie Huber.

«Hast du das, was du bisher herausgefunden hast, schon aufgeschrieben?»

«Nein, aber das erledige ich jetzt gleich.»

«Gut. Dann versuchen wir in Zürich noch etwas über diese Schmieraffäre herauszufinden. Vielleicht hat auch die Polizei schon mehr.» Das Letzte klang nicht sehr hoffnungsvoll.

«Die haben nichts mehr von sich hören lassen?»

«Nichts. Scheinbar haben die weder Fahrzeugtyp noch Fahrer noch irgendwelche Zeugen. Eine Belohnung wurde ausgeschrieben für sachdienliche Hinweise, die zur Ergreifung des Täters führen. Das ist alles.»

«Die hoffen wieder einmal auf Kommissar Zufall.»

«Scheint so.»

Nachdem sie das Telefongespräch beendet hatte, packte Flurina den Laptop aus, stellte ihn auf den Arventisch und begann zu tippen. Dabei musste sie immer wieder an den vorigen Abend denken. Wer war dieser alte Mann, der so freundlich ausgesehen hatte? Sie hatte ihn in positiver Erinnerung. Aber mehr kam ihr dazu nicht in den Sinn.

Gegen Mittag hatte sie den Artikel fertig. Genau 4000 Zeichen inklusive Kasten wie abgemacht. Titel: «Bestechungsaffäre im Engadin: Zürcher Firma schmiert ganze Gemeinde».

Nun fehlten nur noch die Beweise, dachte Flurina. Mit der Betonung auf «nur». Doch zuerst musste sie schnell etwas essen.

Sie war die Einzige auf der kleinen, gepflasterten Terrasse vor dem Hotel. Was bei diesem Wetter nicht erstaunte. Die Mehrheit der Gäste war bereits in eines der Seitentäler aufgebrochen oder auf dem Weg in den Nationalpark. Sie bestellte bei Adelina ein kaltes Plättli mit Bündnerfleisch, Salsiz und Bündner Bergkäse.

«Du bist gestern ganz schön in die Höhle des Löwen geraten», sagte Adelina, nachdem sie die Bestellung aufgenommen hatte.

Flurina sah sie fragend an.

«Andri hat es mir erzählt.»

«Das kann man wohl sagen.»

«Der Sursasser Stammtisch. Nicht unbedingt meine Freunde. Mit einer Ausnahme. Der alte Giacomin. Aber der ist aus Guardaval.»

«Aus Guardaval?»

«*Schi,* den solltest du eigentlich kennen. Das ist doch ein Verwandter von dir. Ist nach Australien ausgewandert und vor ein paar Jahren wieder zurückgekommen. Jetzt kümmert er sich um deine Grosstante. Kannst du dich nicht an ihn erinnern?»

«*Na.*»

«Stimmt, wir waren noch klein, als er gegangen ist. Zurückgekommen ist er jedenfalls vor etwa zehn Jahren.»

«Und wer ist dieser Stumpenraucher?»

«Breite Postur, Glatze?»

«*Schi.*»

«Das ist Curdin. Der war doch ein Freund deines Vaters.»

«Keine Ahnung.»

Ein weisser Lieferwagen fuhr vor. Seitlich klebte neben dem Firmennamen das Bild einer Waschmaschine. Sie hatte Arme und Beine, und dort, wo man die Wäsche einfüllte, lachte ein Gesicht.

Ein Mann stieg aus und öffnete die hintere Tür. Im Fond standen zwei Waschmaschinen und zwei Tumbler.

«Habt ihr im Lotto gewonnen?»

«Nein, nein. Die alten haben den Geist aufgegeben. Ab und zu muss man investieren. Ich muss los. *A revair.*»

Der Fahrer ging nochmals zum Führerstand, nahm die Lieferpapiere vom Armaturenbrett, warf einen Blick darauf, legte sie wieder hin und liess die Tür ins Schloss fallen. Dann ging er nach hinten, nahm einen Rolli aus dem Kofferraum und schob ihn unter die Maschine. Andri, der in der Zwischenzeit aus dem Haus gekommen war, half ihm dabei, das Ding ins Haus zu bugsieren.

Flurina blickte sich um. Es war niemand zu sehen. Sie ging zum Wagen und drückte leicht auf die Klinke. Nicht verschlossen. Sie öffnete die Tür, duckte sich, klaubte die Papiere vom Armaturenbrett.

Das erste Blatt war der Lieferschein. Sie blätterte um. Auf der zweiten Seite stand der Geldbetrag: 41560 Franken und die Rechnungsadresse. Doch statt eines Namens war lediglich eine siebenstellige Kundennummer angegeben.

Auf einmal hörte sie Andris Stimme. Schnell nahm sie ihr

Handy hervor und tippte die Nummer ein. Dann schlich sie um den Lieferwagen herum, und als die beiden Männer aus dem Hotel kamen, schlenderte sie wie zufällig auf dem Vorplatz hin und her.

Aus irgendeinem Grund blickte sie nach oben. Am Fenster im zweiten Stock stand die kleine Maya. War sie die ganze Zeit beobachtet worden?

Schnell ging Flurina in ihr Hotelzimmer. Jetzt musste sie nur noch herausfinden, um welchen Kunden es sich handelte. Sie schaute auf die Uhr. Es war gleich zwei. Viel Zeit hatte sie nicht mehr bis Redaktionsschluss. Sie wollte sich an ihren Laptop setzen, doch der Arventisch war leer. Sie schaute in alle Schränke, hinter die Vorhänge, unter das Bett. Der Computer blieb verschwunden.

Yvonne kam sich komisch vor, als sie mit dem Laptop der Journalistin unter dem Arm ins «Belvédère» spazierte. Das war also ihr neuer Job. Computer von Journalistinnen stehlen, die nicht das Richtige schreiben.

Den ganzen Morgen hatte sie in der von Stumpenrauch getränkten *stüvetta* der «Posta veglia» gesessen – ihre Kleider rochen entsprechend – und gewartet.

Wo sie Flurina Filli oder vielmehr deren Laptop finden würde, hatte ihr dieser Typ gesagt, den sie gestern getroffen hatte. Wieso er ihn nicht gleich selber geholt hatte, war ihr nicht klar. Doch scheinbar hatte Tobler das so angeordnet. Sie fand die ganze Aktion lächerlich. Wenn Flurina Filli eine gute Journalistin war, was sie offensichtlich war, durfte sie keine Mühe haben, den Artikel noch einmal zu tippen. Und wenn sie genug schnell war, schaffte sie es noch vor Redaktionsschluss.

«Das lassen Sie unsere Sorge sein», hatte Tobler vorhin am Telefon auf ihre Bedenken trocken geantwortet.

Wen er wohl mit «uns» meinte? Er und der Verwaltungsratspräsident? Er und die Schnell?

Sie klappte den Laptop auf, suchte den Artikel und las ihn. Die Journalistin hatte angeblich herausgefunden, dass die AlpinaInvest Leute bestach, um die Abstimmung über den Landverkauf zu ihren Gunsten zu beeinflussen. War es das, wovor sich Tobler fürchtete? Ging es ihm gar nicht darum, dass die Alpina mit dem Tod von Franziska Padrun in Verbindung gebracht wurde? War da noch mehr dahinter? Doch wie Flurina Filli es formulierte, waren es reine Vermutungen. Von Beweisen keine Spur. Trotzdem wäre es unmöglich, diese Spekulationen zwei Tage vor der Abstimmung glaubhaft aus der Welt zu schaffen. Tobler hatte allen Grund, die Journalistin daran zu hindern, den Artikel nochmals zu schreiben. Wie er das anstellen würde, konnte sie sich nicht vorstellen.

So verhühnert kann doch niemand sein! Flurina rannte im Hotelzimmer auf und ab. Sollte sie Adelina fragen? Vielleicht hatte jemand geputzt und … Aber die putzten nach dem Frühstück, nicht über Mittag.

Es blieb nur noch eines: Jemand musste den Laptop gestohlen haben. Jemand wollte nicht, dass sie diesen Artikel schrieb.

Sie musste mit Huber reden. Als sie ihn anrief, kam das Besetztzeichen. Sie musste den Artikel nochmals schreiben. Aber ohne Computer? Sie dachte nach. Das Internetcafé!

Doch zuerst wollte sie herausfinden, an wen die Rechnung für Adelinas Waschmaschinen ging. Sie rief beim Lieferanten an. «*Allegra*, hier spricht Adelina Sarott vom Hotel Posta veglia in Sursass. Sie haben uns soeben vier Maschinen geliefert. Ich habe eine Frage zur Rechnungsadresse.»

«*Ün mumaint, per plaschair.*» Der Hörer wurde abgelegt. Sie hörte ein Rascheln. «Tut mir leid, ich kann Ihnen keine weiteren Auskünfte geben. Unser System ist ausgestiegen und ich habe keinen Zugriff auf die Datenbank. Aber wenn ich mich richtig erinnere, war das eine Adresse in 8001 Zürich.»

«*Grazcha fich!*»

«*Da nöglia.*»

Flurina drückte die Austaste. «Ich hab's gewusst! Ich hab's gewusst!» Sie tanzte im Zimmer herum und merkte nicht, wie sich die Tür langsam öffnete.

«Was hast du gewusst?» Es war Gian.

«Dass die Alp … Ach, nichts Wichtiges.»

«Na dann.» Er machte ein beleidigtes Gesicht.

«Was machst du hier?»

«Ich wollte mich entschuldigen.»

«Ist schon okay. *Ingün problem.*» Sie packte ihre Tasche und ging zur Tür.

«Wo gehst du hin?»

«Muss noch etwas erledigen.»

«Kann ich mitkommen?»

«Nein, kannst du nicht.» Sie drückte ihm einen Kuss auf den Mund, er versuchte, sie festzuhalten, doch es gelang ihm nicht.

«Warte. Ich fahre dich hin.»

«Wohin?»

«Wohin du willst.»

«Ich will aber nirgends hin.»

«*Sturniccla!* Du bist so stur!»

Sie liess Gian stehen, ohne das Zimmer abzuschliessen, und polterte die Treppe zur Réception hinunter. Unten wäre sie fast in Andri gerannt.

Er packte sie am Arm. «Ich finde, es ist Zeit, dass du langsam hier verschwindest.» Er sagte es ganz leise, direkt in ihr Ohr.

«Da bist du nicht der Einzige.»

«Ich meine es ernst.»

«Ich auch. Ich muss jetzt.» Sie riss sich los. «*A revair.*»

Das Internetcafé war gleichzeitig eine *glatscharia* und in einem der schönsten Häuser des Dorfes untergebracht. Ein sandfarbenes doppelstöckiges herrschaftliches Haus mit beigen Veranden und Fensterläden, rötlichem Sgraffito und einem Porträt von Jörg Jenatsch. Davor standen pastellfarbene Gartentischchen. Die Kettenvorhänge klimperten beim Eintreten. Die Chromstahlbehälter waren mit Eis aus Engadiner Biomilch prall gefüllt. Im Zehnerabonnement waren die Kugeln billiger zu haben.

Nach einer Viertelstunde wurde einer der drei Computer frei, an denen Touristen sich über ihre Wanderrouten und das Wetter informierten oder E-Mails nach Hause schrieben. Flurina setzte sich, startete Word und schrieb den ganzen Artikel nochmals neu. Die Vermutung ersetzte sie durch gesicherte Beweise, die der Redaktion vorlagen. Sie hatte soeben den letzten Satz geschrieben, da liess sie das Klacken von Absätzen aufschauen. Vor dem Laden ging Yvonne Suter vorbei. Schnell versteckte sie sich hinter ihrem Bildschirm, der direkt am Fenster stand. Was die immer noch hier machte?

Nachdem die Frau ausser Sichtweite war, las Flurina den Artikel nochmals durch und schickte ihn an die Redaktion. Sie war mit dem Ergebnis zufrieden. Der Text war noch besser geworden, die Bestechungsaffäre der Knüller. Huber würde staunen. Geschickt hatte sie es vermieden, die AlpinaInvest mit dem Tod von Franziska Padrun in Zusammenhang zu bringen. Doch zwischen den Zeilen liessen sich eins und eins zusammenzählen.

Sie hatte eine Belohnung verdient und entschied sich für zwei Kugeln *meil* – Honigeis. Sie ging den Stradun entlang Richtung *center* und balancierte ihren Eisturm zwischen Wanderern mit Rucksäcken hindurch. Schon bald wusste sie, warum ihr die Verkäuferin in der *glatscharia* geraten hatte, sie solle lieber einen Becher anstelle des Cornets nehmen, diese Sorte sei extrem dünnflüssig.

Von Yvonne Suter war nichts mehr zu sehen. Dafür sah sie Giacomin. Er kam gerade aus der *fierramainta*, der Eisenwarenhandlung, deren Eingang Aluleitern, Besen und Bambusstangen zierten, und hatte einen Holzstiel in der Hand.

Flurina lief ihm hinterher und legte ihm eine Hand auf die Schulter.

«Giacomin?»

«Flurina, du hast mich erschreckt. Bist du immer noch hier?»

«Ja, aber nicht mehr lange. Keine Angst.» Das Eis rann über das Biskuit. Flurina konnte den Tropfen noch im letzten Augenblick mit der Zunge auffangen.

«Ich habe keine Angst. – Ausser um dich vielleicht.» Er lehnte ans Geländer, hinter dem ein Abhang, der mit jungen Eschen bewachsen war, steil abfiel, und hielt sich mit beiden

Händen am Stiel fest. Flurina blickte ins Tal. Erst jetzt fiel ihr die Bautafel auf, die für ein Wohn- und Geschäftshaus warb, das neben der Eisenwarenhandlung am Hang erstellt werden sollte. Ein Teil der Wiese war bereits weggekratzt, der Hügel nackt.

«Angst, um mich? Wieso?» Nun lief das Eis auf der anderen Seite hinunter. Sie neigte den Kopf und schlürfte das Rinnsal weg.

«Das kann ich dir nicht sagen.»

«Hat es mit dem Tod von Franziska Padrun zu tun? – *Merda!*» Etwas Kühles, Klebriges rann ihr über die Finger.

«Nein, das hat es nicht.» Er reichte ihr ein Taschentuch.

«Danke, geht schon.» Sie schleckte ihre Finger ab. «Womit denn?»

Seine Hände umklammerten den Stiel, der senkrecht vor ihm auf dem Boden stand, noch fester. «Wenn du es wirklich wissen willst, dann frag deine Eltern. Sie sollen entscheiden, ob sie es dir sagen.»

«Was sagen! Das ganze Dorf weiss etwas, das mich betrifft, nur ich nicht. Du sagst mir jetzt sofort, was da …!» Das Biskuit war inzwischen so durchweicht, dass es auseinander fiel. Sie warf es in den Rinnstein.

«*Tascha chamön!* Halt den Mund. Es gibt Dinge, die weiss man lieber nicht. Weil es nichts ändert. Aber einen nur unglücklich macht.»

«Ich will es aber wissen! Sofort! Auf der Stelle!»

Eine Frau mit einem Kind an der einen und einer Einkaufstüte in der anderen Hand drehte sich nach Flurina um. Schaute zuerst sie, dann den alten Mann, dann wieder sie an. Und schüttelte den Kopf.

«Ich muss jetzt gehen. Lina wartet.» Er stemmte sich am Holzstock in die Höhe.

«Dann frage ich *tanta* Lina.»

«Lass Lina in Ruhe. Frag deine Eltern, wenn du es wirklich wissen willst.»

«Hallo, *mamma?*»

«Flurina? Kommst du nun doch zu Papas Feier heute Abend?»

«Nein, ich wollte ... Das ist heute Abend? Okay. Ich komme.»

«Das ist schön. Um sieben beginnt der Apéro. Du kannst Gian mitnehmen, wenn du möchtest.»

«Mal schauen. *Fin davo,* bis später.»

«A revair.»

Flurina überlegte sich, ob sie über die Albulastrecke nach Chur reisen sollte. Sie hatte keine Lust, nochmals durch diesen Tunnel zu fahren. Doch auch auf der anderen Strecke hatte es Tunnels. Sogar Kehrtunnels, wo man sich jedes Mal, wenn man aus dem Berg herauskam, wieder zurechtfinden und neu orientieren musste. Und manchmal vergass der Lokführer, vor dem Tunnel das Licht in den Wagen anzuzünden. Als kleines Kind hatte sie sich jeweils an der Holzbank festgekrallt. Sie hätte alles getan, wenn es nur wieder hell geworden wäre. Damals gab es den Vereinatunnel noch nicht, und der Weg über Preda, Bergün, Tiefencastel nach Thusis war die einzige Möglichkeit, mit der Bahn aus dem Engadin herauszukommen.

Sie entschied sich für die Variante kurz, aber heftig, den Vereina.

Adelina und Andri waren nicht an der Reception, als sie auscheckte. Nur die Frau aus dem Dorf, die jeweils am Abend aushalf. Flurina hinterliess Adelina eine Notiz. Dass sie dringend nach Chur müsse. Und die Nacht selbstverständlich bezahlt habe.

Das «Rätia» lag in der Nähe des Bahnhofs. Flurina versuchte es mit dem hinteren Ausgang durch die Postautostation. Seit sie den Bahnhof umgebaut hatten, fand sie sich nicht mehr zurecht. Alles war neu, und die Zeiten, wo man noch durch die Arosabahn klettern musste, um vom Bahnhofsgebäude zur Bahnhofstrasse zu gelangen, endgültig vorbei. Das hatte ihr als Kind gefallen. Diese paar Sekunden zwischen Hoffen und Bangen, der Zug würde abfahren und erst in Arosa wieder halten. Damals wusste sie noch nicht, dass die nächste Station nur ein paar hundert Meter weiter beim Obertor war.

Das Dach des Postbahnhofs entfaltete sich über ihr wie ein durchsichtiger Schmetterlingsflügel. Rechts war der Calanda, links der Dreibündenstein und das Brambrüesch.

Sie verliess den Busbahnhof Richtung Gäuggeli-Quartier, ging an der Migros vorbei, die für regionale Produkte warb. Dort hatte es früher die besten Berliner gegeben. Mit einer Freundin war sie jeweils am Mittwochnachmittag mit dem Fahrrad hierhergefahren und hatte ein Fünferpack gekauft. Wer jeweils den fünften bekam, wusste sie nicht mehr. Vielleicht hatten sie ihn geteilt.

Die Terrasse des «Rätia» war mit sommerlich-festlich gekleideten Gästen gefüllt. Wie Blütenblätter hatten sie sich um die Stehtische verteilt. Die meisten Gesichter kamen ihr bekannt vor. Alles ehemalige Mitarbeiterinnen und Mitarbeiter ihres

Vaters. Fast alle Männer mit Krawatte. Sie schaute an sich herunter. Die Jeans ging noch durch, aber das T-Shirt …

Ihre Mutter kam ihr mit einem Glas Weisswein, das sie in die Höhe hielt, entgegen. Sie trug wie immer an solchen Anlässen Ecru.

«Schön, dass du da bist. Hast du Gian nicht mitgebracht?» Sie neigte den Kopf zur Seite und schaute Flurina über die Schulter, obwohl klar war, dass da niemand mehr kam.

«Der hatte keine Zeit», log Flurina.

«Komm, trink etwas!» Sie streckte ihr das Glas entgegen.

«Und wo ist *bap?*»

«Da hinten.»

Ihr Vater stand mitten in einer Menschentraube, die ihm gebannt zuzuhören schien.

«Mam, ich muss dich etwas fragen.»

«Jetzt? Kann das nicht warten? Ich muss noch die Restaurantbesitzerin sprechen wegen des Essens. Später gerne.»

Flurina wollte ihr etwas entgegnen, doch ihre Mutter war bereits hinter einer Tür verschwunden, auf der «Zutritt nur für Personal» stand.

Sie schaute zu ihrem Vater hinüber, der sie nun auch entdeckt hatte. Sie wollte auf ihn zugehen, doch er sprach bereits wieder mit seinen Gästen.

Sie ging zu einem Mann in hellem Anzug, der rauchend an der Terrassenbrüstung lehnte, und bat ihn um eine Zigarette. Er musste einer der Jüngeren sein. Flurina schätzte ihn auf Mitte fünfzig.

«Hart, wenn man von einem Tag auf den anderen nicht mehr gebraucht wird.» Er sagte es nicht direkt zu ihr, sondern in die herumstehenden Palmen hinein.

«Was heisst da ‹nicht mehr gebraucht›? Definieren Sie sich nur über Ihren Job?»

«Sie nicht?» Er gab ihr Feuer. «Entschuldigung, ich habe mich nicht vorgestellt. Werner Stuppan. Ich bin, also war, ein Mitarbeiter Ihres Vaters.»

«Klar ist für mich der Job wichtig. Von etwas muss man schliesslich leben. Aber ich würde es nicht als Lebensinhalt bezeichnen. Eher Mittel zum Zweck.»

«Sie legen sich nicht gerne fest.»

«Ist nicht meine Stärke, das stimmt.»

«Bitte verstehen Sie mich recht. Das war nicht als Vorwurf gedacht. Ich möchte es nicht werten. Aber früher war das einfacher.» Er stützte sich mit den Unterarmen auf dem Geländer ab.

«Früher war alles einfacher.»

«Ich meine das nicht als Gemeinplatz. Früher waren die Rollen klar verteilt. Man wusste, was man zu tun hatte. Man hatte keine Wahl.»

«*Precis!* Der Mann schleppte das Geld nach Hause und die Frau machte es ihm möglichst angenehm.» Flurina schnippte die Asche ins Blumenbeet.

«So in etwa. Heute haben Sie viel mehr Möglichkeiten.»

«Vor allem als Frau.»

«Ich habe nicht gesagt, dass Sie alle Möglichkeiten haben, aber immerhin mehr. Und das ist auch eine Gefahr …»

«Huu, jetzt bekomme ich aber Angst.» Sie zuckte zusammen und verschüttete dabei fast ihren Wein.

«… Man weiss gar nicht mehr, wozu man da ist.»

«Sprechen wir jetzt vom Sinn des Lebens?»

«Auch.»

«Der Sinn des Lebens ist zu leben. Punkt.»

«Klar und deutlich, meine Tochter. Wie immer.»

Flurina hatte gar nicht gemerkt, dass ihr Vater hinter ihr stand. Er musterte ihr T-Shirt, sagte aber nichts.

«Ist doch schön, wenn jemand eine eigene Meinung hat», sagte Werner Stuppan.

«Manchmal etwas anstrengend.»

«Also dann, *viva!*» versuchte Flurina das Gespräch zu beenden.

Ihr Vater reagierte nicht.

«Ich muss dich sprechen.»

«Du mich sprechen?», fragte ihr Vater erstaunt.

«Ja.»

«Du siehst doch, ich habe Gäste. Geht das nicht ein andermal?»

«Nein.»

Er blickte unsicher zu seinem ehemaligen Mitarbeiter. Es schien ihm peinlich, ihr öffentlich das Gespräch zu verweigern. «Aber nur kurz. – Also, was ist.»

«Können wir uns nicht ein wenig da hinten …»

«Wie du meinst. Aber in zehn Minuten ist meine Rede.» Er lächelte Werner Stuppan entschuldigend zu, wobei Flurina nicht wusste, ob er sich für seine Tochter entschuldigte oder dafür, dass er ihn stehen liess.

Sie setzten sich an einen Gartentisch, der auf der Wiese neben einer Rosenhecke stand. Flurina betrachtete die Blumen. Sie waren schon fast verblüht. Als sie an einer riechen wollte, fielen die Blütenblätter zu Boden.

«Ich soll dir von Giacomin Grüsse ausrichten.»

«Du hast ihn gesehen?»

«Ja, kurz.»

«Wo ist eigentlich deine Mutter?» Er schaute sich nervös um.

«Sie war vorher eben noch ...»

«Sie muss mit der Küche etwas besprechen.»

«Ach, so.» Er blickte auf seine Hände, dann zu Flurina. «Und worüber wolltest du mit mir reden?» Er lockerte seinen Krawattenknopf.

«Ich möchte wissen, was ihr mir verheimlicht.»

Das Gesicht ihres Vaters wurde blass. «Das versteh ich nicht.»

«Da ist irgendetwas, das ihr mir nie gesagt habt.»

«Ich weiss nicht, wovon du sprichst.»

Seine Haut legte noch an Blässe zu. Flurina sah, wie sich glitzernde Schweisströpfchen oberhalb seiner Lippe und auf seiner Stirn bildeten.

«Mir ist nicht wohl.» Er nahm ein Taschentuch hervor und wischte sich über Stirn und Nacken.

«Jetzt weich nicht aus!»

Plötzlich stand ihre Mutter da, eine Menukarte in der Hand «So mein Lieber, du könntest langsam ...»

Der Vater griff an die Brust und beugte sich vornüber.

«Um Himmels willen, was ist los? Ein Arzt! Komm, Flurina, hilf mir, wir müssen ihn auf den Boden legen!»

Ihre Mutter packe ihn unter den Armen, während Flurina seine Beine fasste. Eine Frau, die zu Hilfe geeilt war, schob Stuhl und Tisch beiseite. Die Mutter öffnete Krawatte und Hemd und legte ihm das Sitzkissen des Gartenstuhls unter den Kopf. Flurina nahm die Speisekarte, die ihre Mutter hatte fallen lassen, und fächelte ihrem Vater Luft ins Gesicht. Er war kreideweiss.

Die Restaurantbesitzerin kam mit einem jungen Mann angerannt, der sich als Dr. Padrutt vorstellte und anscheinend zufällig als Gast hier war.

Flurina schaute ihre Mutter an. Diese kniete neben ihrem Vater, hielt seine Hand, hatte Tränen in den Augen.

Sie spürte die Welle, die irgendwo von unten heraufdrückte, es war, als füllten sich ihre Lungen langsam mit Wasser. Der Spiegel stieg langsam an, bis sie nicht mehr atmen konnte. Sie wollte sich wegdrehen, doch es war bereits zu spät. Sie krümmte sich, kauerte sich hin und heulte los. Sie hörte, wie der Arzt mit ihrem Vater sprach.

«Herr Filli? Haben Sie Schmerzen?»

Der Vater sah den Arzt mit geweiteten Augen an, sein Gesicht war angstverzerrt. Wieder griff er an seine Brust.

«Ein Infarkt», sagte der Arzt. «Er muss ins Spital. Hat jemand die Ambulanz gerufen?»

Die Restaurantbesitzerin nickte.

Nach einer Weile, die Flurina unendlich schien, kam der Krankenwagen. Der Vater wurde auf eine Bahre gehoben und in den Wagen geschoben. Die Mutter fuhr mit. Flurina schaute ihnen nach, wie sie davonfuhren. Es hatte etwas Endgültiges.

Ihre Mutter sass allein in einer langen Reihe von Stühlen, die den Gang säumte. Ihre Augen waren verweint. Flurina setzte sich neben sie und hielt ihre Hände. Es waren die Hände einer alten Frau.

«Es tut mir so leid, *mamma.*»

Tränen rollten der Mutter über die Wangen, tropften auf Flurinas Hände. Sie wartete auf einen Vorwurf, doch er kam nicht.

«Ich bin schuld», fuhr sie fort.

«Woran?»

«Dass *bap* …» Ihre Lippen begannen zu zittern, der Mund öffnete sich sperrig, aber sie konnte nicht weitersprechen.

Die Mutter nahm Flurinas Kopf und legte ihn auf ihren Schoss. Dann streichelte sie sanft über ihr Haar.

«Du hast ihn gefragt, oder?»

Flurina richtete sich wieder auf, ihr Gesicht verzerrte sich erneut. Sie heulte los. «Ja, und ich weiss nicht einmal wonach.»

Eine Ärztin kam den Gang entlang und stellte sich vor sie hin. «Wir können noch nichts sagen. Bitte warten Sie hier», sagte sie zu ihrer Mutter. Dann blickte sie auf Flurina und fragte die Mutter: «Soll ich eine Schwester vorbeischicken?»

«Danke, ist nicht nötig», antwortete die Mutter.

«Es ist eine lange Geschichte. Aber wir haben Zeit. – Erinnerst du dich noch an Annina?»

«Annina?»

«Deine kleine Schwester.»

«Ich hatte eine Schwester?» Flurina setzte sich wieder auf. «Wo ist sie jetzt?»

«Sie ist gestorben, da warst du drei Jahre alt.»

«Und wieso weiss ich nichts davon?»

«Sie war krank, und wir wollten dich nicht …»

«Was hatte sie denn?»

«Xeroderma pigmentosum.»

Flurina schaute sie fragend an.

«Das ist eine Hautkrankheit. Sie war ein Mondscheinkind.»

«Ein was?»

«Das ist eine sehr seltene Krankheit, die zum Tod führen

kann. Diese Menschen dürfen sich nicht dem Sonnenlicht aussetzen, da sie sonst Tumore bekommen. Das UV-Licht schädigt die Erbsubstanz in den Hautzellen.»

«Du meinst wie bei ‹The others›.»

Nun schaute ihre Mutter fragend zu Flurina.

«Ein Film mit Nicole Kidman. Die müssen da immer die Vorhänge ziehen, weil die Kinder eine Sonnenallergie haben. – Und wieso ist sie gestorben?»

Ihre Mutter zögerte.

«Nun erzähl schon! Schlimmer kann's nicht mehr werden.»

«Es ist etwas Schreckliches passiert. Sie war versehentlich in der Sonne. Darauf bildeten sich viele Tumore und schliesslich ist sie daran gestorben.»

«Aber wie konnte das passieren? Ihr habt sie an die Sonne gelassen?»

«Natürlich nicht. Das war keine Absicht. Es war ein Unfall.»

«Ein Unfall?»

Ihre Mutter machte eine Pause. Dann holte sie tief Luft.

«Es war ein schöner Frühlingsmorgen. Annina lag in ihrem Zimmer in ihrem Bettchen. Der Raum war abgedunkelt. *Bap* hatte die Fenster zugemauert aus Angst, es könnte etwas passieren oder jemand versehentlich die Vorhänge aufziehen. Auch hatte er eine Doppeltür eingebaut, damit kein Tageslicht eindringen konnte.»

«Annina konnte nie nach draussen gehen?»

«Nur bei Nacht sind wir jeweils mit ihr spazieren gegangen. Im Mondschein. Sie war wie ein Nachtfalter», sagte die Mutter nachdenklich.

«Was hast du da gesagt?»

«Ein Nachtfalter. *Ün spler da not.*»

«Mein Gott! – Und was ist passiert?»

«Die Tür war immer verschlossen. Nur an diesem Morgen nicht. Du bist hineingeschlüpft, ohne dass es jemand gemerkt hat, hast die Kleine aus dem Bettchen geholt und bist mit ihr nach draussen gegangen.»

«Nein!», schrie Flurina. «Nein, das ist nicht wahr! Ich kann mich nicht erinnern!»

«Bitte beruhige dich.»

«Nein!!!!» Flurina schrie und schrie.

Eine Schwester kam herbeigerannt. «Wollen Sie ein Beruhigungsmittel?»

«Ich will mich nicht beruhigen! Ich habe meine kleine Schwester umgebracht! Hauen Sie ab!»

«Das hast du nicht», versuchte die Mutter sie zu besänftigen. «Du warst noch klein. Du wusstest nicht, was du tust. Du hattest schon immer Angst vor der Dunkelheit. Du hast es nur gut gemeint.»

«Ich habe sie getötet. Deshalb hat mich *bap* nie gemocht.»

«Das ist nicht wahr. Er ist nie über ihren Tod …»

«Er hat mich nie gemocht und mag mich auch heute nicht. Ihm passt nicht, wie ich lebe, was ich beruflich mache, wie ich mich anziehe. Alles ist falsch. Verkehrt. Daneben.»

Ihre Mutter schwieg.

«Was ist danach passiert?»

«Seit diesem Tag ist es ihr immer schlechter gegangen und schliesslich …» Die Mutter verstummte.

«Nein, das kann nicht sein! Das gibt es nicht!» Flurina stand auf, hieb mit der Faust gegen die Wand, bis die Fingerknöchel blutig waren. Erschöpft lehnte sie mit dem Rücken zur Mauer, rutschte langsam hinunter. Dann begann sie mit dem Hinterkopf gegen die Wand zu schlagen. Plötzlich sah sie eine Spritze vor sich. Jemand versuchte, ihren Ärmel hochzukrempeln. Mit letzter Kraft riss sie sich los und rannte davon.

12

Yvonne sass im Frühstücksraum und trank einen Espresso. Daneben lag die «Tageszeitung». Flurina Filli hatte es wie erwartet geschafft. Erstaunlicherweise war Yvonne erleichtert. Der Artikel erschien auf der ersten Seite. Die neue Version unterschied sich nicht gross von der alten. Die Journalistin warf der AlpinaInvest vor, die Stimmberechtigten von Sursass bestochen zu haben. Konkrete Beweise nannte sie nicht, diese würden aber der Redaktion vorliegen. Die Alpina hatte zu den Vorwürfen keine Stellung genommen, was Yvonne unbegreiflich war.

Ein Hotelangestellter kam und verneigte sich leicht vor ihr. «Entschuldigung, wenn ich Sie störe. Da ist ein Anruf für Sie. Möchten Sie ihn hier entgegennehmen oder in Ihrem Zimmer?»

«Gerne hier.»

Er hielt ihr das Telefon hin, das er hinter seinem Rücken versteckt hatte.

«Jetzt gleich?! – Hören Sie, mir wird das Spiel langsam zu blöd. Ich fahre heute nach Zürich zurück. Ich weiss nicht, was ich hier noch tun soll. – Ja, den Artikel habe ich gelesen. – Aber das sollten *Sie* verhindern! *Ich* habe nur den Laptop geholt. – Das ist nicht mein Problem! – Was besprechen? Es gibt nichts mehr zu besprechen. Stimmt das mit diesen Schmiergeldern? – Erfunden? Da bin ich nicht so sicher. – Wieso treffen? – Eine

Gegendarstellung kommt nicht in Frage. – Also gut. Aber nur kurz. Mit dem Auto bin ich in fünf Minuten bei Ihnen.»

Yvonne nahm den letzten Schluck ihres Espresso im Stehen, griff nach Zeitung und Zimmerschlüssel und brachte das Telefon zur Réception zurück.

Flurina stand in der Bahnhofsunterführung von Chur und wusste nicht, was sie hier tat.

Sie war mitten in der Nacht aus dem Spital gerannt, die Loestrasse hinuntergelaufen und hatte sich auf der Quaderwiese auf eine Bank gesetzt. Irgendwann war sie eingeschlafen. Der Verkehrslärm hatte sie am Morgen geweckt.

Wohin wollte sie eigentlich? Nach Zürich? Sie wusste nicht einmal, wie es um ihren Vater stand. Würde er den Infarkt überleben?

Sie musste mit jemandem sprechen. Jemand, der sie verstand. Der nächste Zug nach Sursass fuhr in zwei Minuten auf Gleis zwölf. Das stand auf der Anzeigetafel. Sie rannte die Treppe hoch. Riss die Tür, die schon zugeschnappt war, nochmals auf und schwang sich in den Wagen. Kaum hatte sie sich hingesetzt, fuhr der Zug an.

Als sie in Sursass ankam, war es Viertel nach neun. Sie vermutete, dass Gian bereits in seinem Büro sass und arbeitete. Flurina war noch nie da gewesen, wusste aber, dass es im ersten Stock der Einkaufspassage lag. Vom offenen Treppenhaus gingen mehrere Stege über die Passage, die wie Hängebrücken zu den jeweiligen Büros führten.

Flurina ging die Betonstufen hinauf und nahm den Steg, der zum Schild «ARCHITECTURA VITAL» führte. Ohne zu klingeln trat sie ein. Sie hörte Gians Stimme. Und noch eine andere. Scheinbar hatte er bereits einen Kunden oder vielmehr eine Kundin.

Sie ging den Korridor entlang und kam in einen hellen Raum. In der Mitte stand ein Glastisch, der als Besprechungstisch diente. Daran sassen Gian und Yvonne Suter nahe beieinander über ein Papier gebeugt. Als Gian sie kommen sah, sprang er auf. Flurina wollte gleich wieder umkehren. Doch Gian rannte auf sie zu und hielt sie zurück.

«Lass mich los, du Idiot! Du bist das Allerletzte. Was hast du denn mit der zu tun. Das darf alles nicht wahr sein. Sind denn alle verrückt geworden!»

Yvonne Suter stand auf und wollte etwas sagen, aber Gian bedeutete ihr zu schweigen.

«Nein, sind wir nicht, aber du kommst genau richtig.» Er drückte sie unsanft auf einen schwarzen Corbusier-Ledersessel.

«Was ist denn das?» Neben ihr stand auf einem niederen Tisch das Gipsmodell einer Überbauung. Sie wollte sich erheben, um es genauer anzuschauen, doch er stiess sie zurück. «Ist das nicht ein Modell von diesem Zentrum? Jetzt verstehe ich. Du bist einer der Architekten! Ich dachte schon, dass ihr beide … Aber nein, es ist noch schlimmer.»

«Halt die Klappe!»

«Du bist also auch käuflich. Sind das die Häuser, die du als Kind gemalt hast? Wo sind denn all deine …»

«*Tascha chamön!*» Er schlug ihr ins Gesicht.

Yvonne Suter ging auf ihn zu, er drohte ihr mit der Faust, worauf sie ein paar Schritte rückwärts machte.

«Ja, schlag doch. Ich hab's verdient. Das mit meiner Schwester weisst du sicher ebenfalls. – Klar hast du es gewusst. Und die Nachtfalter in der Scheune – das warst auch du!»

«Irgendwer musste dich davon abhalten, solchen Stuss zu schreiben. Leider bist du immer noch so stur wie eh und je.»

«Du bist ein Scheusal. Ich könnte dich …» Sie stand auf, er schubste sie wieder in den Stuhl zurück.

«Mach das nicht noch einmal, sonst …», drohte sie ihm.

«Sonst was? Genügt es dir nicht, dass du deine Schwester auf dem Gewissen hast?»

«Ich habe meine Schwester nicht umgebracht.»

«Aber Franziska Padrun wurde ermordet, da bist du sicher. Was bist du eigentlich, die Rächerin der Gerechten? Weisst allein, was richtig ist. Vor allem, wenn es um die anderen geht.»

Er nahm eine Reissschiene von der Wand und ging langsam auf sie zu.

Yvonne Suter hatte sich bis zu diesem Moment nicht mehr gerührt. Ohne etwas zu sagen, stand sie auf, nahm das Gipsmodell eines Einfamilienhauses, das auf dem Tisch stand und schlug es Gian über den Kopf.

«So, das musste sein», sagte sie beinahe entschuldigend zu Flurina. «Kann ich Sie irgendwo hinbringen?»

Flurina stand auf, wollte etwas sagen, brachte jedoch kein Wort heraus. Alles begann sich zu drehen und der Boden kam immer näher.

Yvonne hatte den Architekten einfach liegen lassen. Wie sie die Journalistin die Treppe hinuntergebracht hatte, wusste sie nicht mehr. Ein Passant hatte ihr geholfen, sie vom Haus in ihr Auto zu tragen. Nun lag sie auf dem Rücksitz gekrümmt wie ein Embryo.

Im Wagen klammerte sich Yvonne am Lenkrad fest, doch je mehr ihre Hände Halt suchten, desto mehr zitterten sie. Der Mann hatte ihr den Weg zum *ospidal* erklärt, der ganz in der Nähe lag.

Sie wusste nicht recht, was mit der Journalistin los war. Eine Mischung aus Nervenzusammenbruch und Schock. Hatte Flurina Filli wirklich jemanden umgebracht?

Und was war mit dem Architekten? Vielleicht hätte sie doch nochmals nach ihm schauen sollen. Was, wenn sie ihn lebensgefährlich verletzt hatte? Sie würde sich bei der Polizei melden, sobald sie Flurina Filli im Krankenhaus abgeliefert hatte.

Sie konnte sich nicht erklären, wieso sie zugeschlagen hatte. Als dieser Architekt sich so aufbaute, da musste sie an Bruno denken. Und irgendetwas war ausgeklinkt.

«Wohin fahren wir?»

Sie sah die Journalistin im Rückspiegel. Sie hatte sich aufgesetzt.

«Sie müssen sich hinlegen.»

«Ich muss nach Guardaval.»

«Ich bringe Sie ins Krankenhaus.»

«Was soll ich im Krankenhaus? Ich muss nach Guardaval.»

«Ich kann Sie auch zur Polizei bringen.

«Wieso zur Polizei?»

«Wollen Sie ihn nicht anzeigen?»

«Ich muss zuerst etwas anderes erledigen. Bitte fahren Sie mich nach Guardaval.»

Yvonne sah ihre traurigen Augen im Spiegel. «Und wohin genau?»

«Das sage ich Ihnen, wenn wir da sind.»

Lina sass auf der Bank vor einem dreistöckigen Haus, die Fensterläden waren von der Sonne dunkel gefärbt. Halb geöffnet schienen sie sich gegen die Einlassung ins dicke Mauerwerk zu sperren. Die grauen Sgrafitti waren leicht ausgebleicht. Die alte Frau hatte die gelblichen Haare zu einem Dutt gebunden. Sie trug schwarz.

Lina hatte Flurina sofort erkannt, als sie mit Yvonne Suter auf das Haus zugegangen war. Und auch gewusst, wieso sie kam. «Ich habe deinen Eltern immer gesagt, dass sie das nicht tun sollen. Man lebt besser mit der Wahrheit, auch wenn sie nicht immer leicht zu ertragen ist. Komm, setz dich zu mir.»

«Ich warte vorne», sagte Yvonne Suter und ging zu ihrem Auto zurück. Sie hatte Mühe, mit ihren hochhackigen Schuhen über das Kopfsteinpflaster zu gehen.

«Ich bin froh, dass du es nun weisst. Es war schwer, mit dieser Heimlichtuerei zu leben. Von allen Seiten erpressbar.»

«Haben es viele gewusst?»

«Nein. Aber dein Vater hat sich einmal, als er zu viel getrunken hatte, verplappert.»

«Und wer war da alles dabei?»

«Das weiss ich nicht mehr genau. Sicher Curdin, der Bruder von Florin. Er ist ein ganzes Stück älter. Dein Vater und er waren gute Freunde. Früher. Sie sind zusammen zur Schule gegangen.»

«Ich möchte nochmals ins Haus.»

«Das ist nicht so einfach. Es ist momentan vermietet.» Sie schaute zum Nachbargebäude.

«Ich meine nicht das. Wir haben damals an einem anderen Ort gewohnt.»

«Daran kannst du dich erinnern?»

«Schwach.»

«Bist du sicher, dass du das möchtest?»

«Ja.»

«Du musst es wissen.» Sie legte ihre Hand auf Flurinas Handrücken. «Ich hole dir schnell den Schlüssel.»

«Aber das kann doch ich …»

«Bewegung tut gut. Du weisst ja: *Crappa chi roudla nu fa müs-chel.*»

«Stimmt. Rollende Steine setzen kein Moos an.» Flurina ging zu Yvonne Suters Auto. Diese stand an die offene Wagentür gelehnt und schaute in die Weite. Flurina sagte ihr, sie brauche nicht länger zu warten.

«Ich habe die Polizei angerufen», sagte Yvonne Suter.

«Wieso haben Sie das getan?»

«Weil ich mich zu verantworten habe. Sie haben soeben zurückgerufen. Waren in Gian Vitals Büro. Er sei wohlauf. Habe eine leichte Wunde am Kopf. Er hat gesagt, er sei gestürzt.»

«Auch gut», sagte Flurina trocken.

«Und wie kommen Sie zurück?

«Wohin ist ‹zurück›?»

Yvonne Suter seufzte. «Das weiss ich auch nicht. Aber wenn Sie mit jemandem reden wollen, ich wohne im ‹Belvédère›.»

«Danke.»

Flurina nahm den schmalen Weg, der von *tanta* Linas Haus den Berg hinaufführte. Links und rechts hatte es Felsbrocken, die aussahen, als hätte man sie hier kurz abgestellt und vergessen. Das Strässchen gehe direkt zum Haus, hatte Lina ihr gesagt. Sie wisse nicht, in welchem Zustand sich das Gebäude befinde. Seit sie ausgezogen seien, stehe es leer.

Nach etwa einer Viertelstunde sah sie es oben auf einem Hügel. Eine Natursteinmauer trennte den ebenen Platz, auf dem das Haus stand, vom leicht geneigten Hang. Es schien, als stehe es an einer Klippe. Doch beim Näher-Herangehen merkte sie, dass der Hügel hinten sanft abfiel. Die Wiese ums Haus herum war nicht gemäht und leuchtete in allen Farben.

Es gelang ihr erst beim dritten Mal, den klobigen Schlüssel so ins Loch zu stecken, dass er griff. Bereits beim Eintreten wusste sie, welche Gerüche sie erwarten würden. Ihre vagen Erinnerungen spiegelten sich in der Wirklichkeit. Je mehr sie sah, desto klarer wurde das Bild, das sie von früher hatte.

Flurina streifte durchs Haus, ging in den oberen Stock.

Sie hatte sich alles verfallener vorgestellt. Nicht einmal Staub hatte es übermässig viel. Beim Hinuntergehen knarrte die Treppe. Sie sah ihren Vater, wie er die Krawatte bindend die Stufen herunterkam und in die Küche ging, wo das Frühstück wartete.

Gleich neben dem Eingang war ein Zimmer, dessen Tür geschlossen war. Sie hatte es, als sie das Haus betrat, übersehen. Oder bewusst ausgelassen? Sie öffnete vorsichtig die Tür. Doch anstatt eines Zimmers erschien eine zweite Tür. Das musste das Zimmer der kleinen Annina gewesen sein. Die zweite Tür war angelehnt. Sie stiess sie auf. Drinnen war es dunkel. Sie betätigte den Lichtschalter, doch der Strom war abgestellt. Sie ging in den stockdunklen Raum hinein, tastete sich der Wand entlang. Das Holztäfer fühlte sich warm an, nur an einer Stelle war die Wand kalt und aus Stein. Hier musste ein Fenster gewesen sein. Sie setzte sich darunter. Schaute in die Dunkelheit, die sie umfing. Wartete, bis es kam. Das Gefühl, erdrückt zu werden, gleichzeitig Haltlosigkeit, ein Schwarz, das so Dunkel war, dass es keine Farbe mehr hatte. Aber es kam nicht.

Hier also hatte ihre kleine Schwester gelebt.

Yvonne wählte Toblers Nummer. Wie letztes Mal meldete sich Lydia Schnell.

«Ich möchte Tobler sprechen», sagte Yvonne ohne ein Grusswort.

«Herr Tobler ist nicht zu sprechen.» Lydia Schnell schien das Wort «Herr» bewusst zu betonen.

«Dann richten Sie ihm aus, dass ich kündige.»

«Sie machen was?»

Es raschelte in der Leitung.

«Tobler», meldete sich ihr Chef.

«Grüezi, Herr Tobler. Hier ist Yvonne Suter.»

«Frau Suter? Wo sind Sie?», fragte er etwas zu überrascht. Bestimmt war er bereits von diesem Architekten informiert worden, dachte Yvonne.

«Das spielt keine Rolle. Ich kündige.»

«Aber wieso um Himmels willen?!»

«Können Sie sich das nicht vorstellen?»

«Aber nein, Sie haben doch Ihre Arbeit gut gemacht. Ausser diesem letzten Artikel vielleicht …»

«… den auch Gian Vital mit seinen geschmacklosen Aktionen nicht verhindern konnte», ergänzte Yvonne den Satz.

«Das tut mir schrecklich leid, das ist total aus dem Ruder gelaufen. Selbstverständlich habe ich damit nichts zu tun.»

«Woher wissen Sie das?»

«Er hat mir alles gestanden. Wir suchen einen neuen Architekten. Falls die Abstimmung am Wochenende positiv verläuft.»

«Falls …»

«Sie zweifeln doch nicht etwa daran?»

«Das hat nichts mit Zweifeln zu tun, vielmehr mit Hoffen.»

Am anderen Ende war es eine Weile still. «Wenn Sie das so sehen, dann ist es wohl besser, wenn wir unsere Zusammenarbeit beenden. Ich werde Ihnen Ihre persönlichen Sachen schicken lassen.»

«Das brauchen Sie nicht, die hole ich morgen ab.»

«Sie sind schon wieder in Zürich?»

«Nein, bin ich nicht. Adieu, Herr Tobler.»

Eigentlich wollte Yvonne an der Hotelbar nur einen Kaffee trinken. Doch als der Kellner zur Prosecco-Flasche griff und der Frau, die neben ihr sass, ein Cüpli einschenkte, bestellte sie auch eins.

«Gibt es etwas zu feiern?» Flurina Filli stand auf einmal hinter ihr.

«Ich habe gekündigt.»

«Wirklich?» Sie schwang sich auf den Hocker nebenan.

«Erstaunt Sie das?»

«Ehrlich gesagt, ja. Ich habe gedacht, dass Sie eine Frau sind, für die die Karriere alles …»

«Da haben Sie falsch gedacht.» Sie nahm einen Schluck und presste die Lippen zusammen. «Aber natürlich haben Sie recht. Ich habe zu lange nicht genau hingesehen. – Haben Sie eigentlich Beweise für Ihren Bestechungsverdacht?»

«Ehrlich gesagt, weiss ich nur, dass Hotelwaschmaschinen

aus Zürich bezahlt worden sind. Und dass in letzter Zeit in der Gemeinde relativ viel Geld ausgegeben worden ist.»

«Ich werde morgen mein Büro bei der Alpina räumen. Kann sein, dass ich da noch auf etwas stosse.»

«Und danach?»

«Ich gehe vielleicht wieder nach Bern zurück.» Sie leerte das Glas und hoffte, damit das Gefühl hinunterzuspülen, dass sämtliche umliegenden Berge sich auf ihren Brustkorb gelegt hatten. «Schliesslich bin ich da zu Hause», versuchte sie sich gut zuzureden.

Flurina sah auf einmal sehr müde aus. Die Haut unter den Sommersprossen wirkte durchsichtig.

«Sollten Sie nicht doch zum Arzt gehen?», fragte Yvonne die Journalistin.

«Nein, es geht mir gut.»

«Möchten Sie nach Zürich mitfahren? Ich gehe so etwa in einer halben Stunde los.»

«Danke, ich habe hier noch etwas zu erledigen.»

«Sie sollten Gian Vital anzeigen.»

«Und dann? Wichtig ist die Abstimmung. Als Franziska Padruns Vermächtnis sozusagen.»

«Und Sie glauben immer noch, dass es kein Unfall war?»

«Ich habe da eine Idee.»

«Guarda da tai!»

«Du hast Romanisch gelernt!»

«Ün païn. – A revair.»

«A revair.»

Auf dem Stradun hatte es wie meist nur wenig Verkehr. Deshalb fiel Flurina der anthrazitfarbene BMW gleich auf, der ihr entgegenkam. Mit ausgebreiteten Armen trat sie auf die Strasse. Das Auto schien ihr ausweichen zu wollen, doch das ging nicht, denn auf der Gegenfahrbahn näherte sich das Postauto.

Der BMW bremste, fuhr halb auf den Gehsteig und hielt an. Gian stieg aus und knallte die Autotür zu. «Bist du total übergeschnappt? Was stehst du mitten auf der Strasse?» Er sah nicht gut aus. Zwischen den Haaren klebte verkrustetes Blut.

«Ja, vielleicht. Aber lieber übergeschnappt, als so ein Scheusal wie du. Hast nur eine fürs Bett gebraucht. Den Liebhaber gegeben und gleichzeitig für diese Alpina gearbeitet.»

«Hast *du* es denn ernst gemeint?» Er kam ihr entgegen und lehnte sich mit verschränkten Armen an die Kühlerhaube.

«Ja, klar.» Irgendwie schon, dachte Flurina. Vielleicht so ernst, wie sie imstande war, es zu meinen.

«Das glaubst du selber nicht. Hast doch nur eine Loge gebraucht.»

Flurina ging nicht darauf ein. «Und das mit meiner Schwester, den Nachtfaltern? Wie kann jemand so etwas tun?» Sie ging ein paar Schritte auf ihn zu.

«Du musst deine Neurosen auch nicht auf dem Präsentierteller servieren.»

Sie schlug sich mit dem Handballen gegen die Stirn. «Ich verstehe nicht, wie man so sein kann.»

«Du wolltest ja keine Ruhe geben mit deinen bescheuerten Zeitungsartikeln. Da habe ich gedacht …»

«Das ist krank!» Sie kickte mit dem Fuss an den Reifen.

«Lass mein Auto in Ruhe, das kann nichts dafür.» Er schubste sie vom Rad weg. «Was ist krank? Deine Albträume? Da hast du recht.»

«Nein, so etwas auszuspielen. Woher hast du das mit meiner Schwester überhaupt gewusst?»

«Das geht dich nichts an. Ich muss los.» Er ging zur Tür. Sie presste ihm beide Hände auf den Brustkorb und drückte ihn gegen den Wagen. Dann hielt sie inne und liess von ihm ab.

«Was ist nur passiert mit dir? Wieso bist du so hart geworden? Du tust mir leid.»

Er öffnete wortlos die Tür, stieg ein und startete den Motor.

Flurina griff in die Tasche, nahm ihren Schlüsselbund heraus und hielt ihn an die blank geputzte Karosserie. Gian fuhr kopfschüttelnd an.

Das Geräusch, das entstand, war eine Mischung aus angenehmem Schauer und Schmerz und hinterliess einen sauberen Streifen über die ganze Länge des Wagens.

Kaum war er ausser Sichtweite, klingelte ihr Handy. Es war ihre Mutter. Wo sie sei? Und was sie vorhabe? Eine gute Frage, dachte Flurina. Sie wusste es nicht.

«Ich gehe in die ‹Posta veglia› zu Adelina und werde dort übernachten, falls es noch Platz hat. – Wie geht es *bap?*»

«Er ist über den Berg, hat mir vorhin die Ärztin gesagt. Aber er muss noch ein paar Tage im Spital bleiben. Und dir geht es gut?»

«Ich versteh's immer noch nicht.»

«Wir wollten dich schützen. Es war nicht klar, ob es wirklich wegen dieses einen Morgens war. Du hast auch nie nach deiner Schwester gefragt. Deshalb haben wir nichts gesagt. Wir sind dann ins Dorf hinuntergezogen. Dachten, es sei besser zu vergessen. Und je mehr das Ganze zurücklag, desto weniger wollten wir es wieder aufwärmen. Als wir schliesslich in Chur lebten, war es kein Thema mehr.»

«Für *bap* schon. Ihr hättet es mir sagen sollen. Dann hätte ich wenigstens gewusst, wieso er mich immer abgelehnt hat.»

«Du warst nicht schuld. Konntest nichts dafür.»

«Für ihn bin ich schuldig.»

«Das ist nicht wahr, wir wollten doch bloss ...» Ihre Mutter sprach nicht weiter. Es war nur noch ein Schluchzen und Schnäuzen zu hören. Flurina legte auf.

«Habt ihr noch ein Zimmer frei?», fragte Flurina.

Adelina stand gebückt hinter der Theke. Sie schien etwas in der untersten Schublade zu suchen und machte keine Anstalten, sich zu erheben. Flurina drückte auf die Klingel, die auf der Theke stand. Es wirkte.

«Was machst du immer noch hier?», fragte Adelina mit rotem Kopf.

Flurina zuckte mit den Schultern.

«Ich werde mal nachschauen, ob noch was frei ist.» Adelina seufzte, hielt sich wie eine alte Frau das Kreuz und schlurfte zur Agenda.

«Ich kann auch woanders ...»

«Eines ist noch frei.»

«Ich meine es ernst, wenn es dir zu viel ...»

Sie kam mit dem Buch zurück. «Es ist mir nicht zu viel, wenn du hier übernachtest. Aber es ist mir zu viel, wenn du uns nachspionierst.»

Flurina wusste, dass es zwecklos war, sich dumm zu stellen. Sie konnte Adelina nichts vormachen. Das war schon früher so. Einmal versuchte sie, Adelina einzureden, wie hässlich Urs war, mit dem Adelina gehen wollte. Nur weil sie selber in ihn verknallt war. Adelina hatte sich nicht beirren lassen. Sondern

Flurina kopfüber in den Brunnen getaucht, als sie ihre Klappe nicht halten wollte. Und dies im Winter.

Sie wollte gerade etwas sagen, als Adelina fortfuhr. «Ich habe heute Nachmittag einen Anruf vom Waschmaschinenlieferanten bekommen. Ich hätte gestern nach der Rechnungsadresse gefragt. Sie könnten mir nun die gewünschte Auskunft geben. Ich habe aber nicht danach gefragt. Und ich weiss genau, wer es war. Maya hat dich gesehen, wie du um den Lieferwagen herumgeschlichen bist. Sie hat gesagt, du habest mit Andri Verstecken gespielt, und fand das lustig.»

«Und wieso hast du mich angelogen?»

«Ich habe dich nicht angelogen. Die Maschinen sind von Andris Mutter. Die wohnt in Zürich.»

«Wieso hast du das nicht gleich gesagt?»

«Weil ich dir erstens keine Rechenschaft schuldig bin und es mir zweitens nicht passt, wenn sie uns Geld gibt.»

«Wieso das?»

«Sie meint, es gebe ihr das Recht, überall mitzureden.»

«Tut mir leid.»

«Mir auch. Dass du so wenig Vertrauen hast. Ich hätte so etwas nie angenommen.»

«Ja, aber Andri vielleicht.»

«Auch Andri nicht.»

«Wieso hat er dann etwas gegen mich?»

«Weil er meint, dass du mich gegen ihn aufwiegelst und mir Flausen in den Kopf setzst.»

«Ich dir Flausen? Die waren doch schon immer da!»

Jetzt mussten beide lachen.

«Was hast du denn für Flausen?», fragte Flurina.

Adelina machte das Gästebuch wieder zu und fuhr mit dem

Finger den Falz im Leineneinband entlang. «Ich habe gedacht, dass wir vielleicht einmal für eine Saison aussetzen könnten und einen Ersatz suchen. Mal ein halbes Jahr nur reisen. Andri und ich und die Kinder.»

«Und das hat er nicht toll gefunden.»

«Nicht wirklich. Es scheint ihm Angst zu machen. Er hat nicht gerne, wenn sich etwas ändert. Aber nun haben wir alles geklärt.»

Flurina nahm sie in den Arm. «*Parduna!* Bitte verzeih!»

«Was ist denn hier los?!» Andri kam die Treppe heruntergepoltert. «Was knutscht ihr da rum. Setzst du meiner Frau wieder irgendwelche *chaculas* in den Kopf?»

Flurina liess Adelina wieder los. «Nein, dafür habe ich heute keine Energie mehr.»

«Du siehst blass aus. Ist etwas passiert?», fragte Adelina und schlang einen Arm um Andri, der sich neben sie gestellt hatte.

«Das kann man sagen. Erzähl ich dir später. Zuerst muss ich etwas essen. Was gibt es?»

«*Cullas da Vnà.* Und zwar in exakt fünf Minuten.» Andri schaute auf die Uhr und verschwand in der Küche.

«Was ist denn das?»

«Eine Spezialität aus Vnà. Kartoffelkugeln mit Speck und Engadiner Würsten.»

«Da kann ich nicht nein sagen.» Flurina ging zum roten Vorhang, hinter dem sich der Speisesaal verbarg.

«Warte, ich muss dir noch etwas zeigen!» Adelina langte unter die Theke und hielt ihr eine Kinderzeichnung hin. «Die hat Maya gemacht.»

Ein eckiges Auto war darauf zu sehen. Hinter dem einen Rad hatte es schwarze Kringel.

«Das bist du, wie du mit Andri *Versteckis* spielst», schmunzelte Adelina.

«Und wer ist diese Frau da?»

«Das ist keine Frau, das ist der Transporteur. Der hatte doch eine Vokuhila-Frisur. – Da, schenk ich dir.»

«Du meinst, als Erinnerung an einen nicht sehr löblichen Moment im Leben der Journalistin Flurina F.»

«*Forsa.* Vielleicht.»

Flurina betrachtete die Zeichnung nochmals. An irgendetwas erinnerte es sie. Sie wusste aber nicht, woran.

Yvonne war dabei, den Koffer auszupacken, da läutete das Telefon.

Bruno! Fing das schon wieder an. Sie konnte nicht hierbleiben. Sie musste weg.

Rasch nahm sie ihren Badeanzug, stopfte ihn in eine Tasche, packte ein Frottiertuch dazu und verliess die Wohnung. Vor der Haustür blieb sie stehen, schaute nach links und rechts die Quartierstrasse hinunter. Es roch nach Wochenende, nach frisch gemähtem Rasen und gegrilltem Fleisch. Zwei Buben auf Fahrrädern lehnten an einem Gartenzaun und sprachen mit einem Mädchen, das auf dem Rasen stand und einen Ball in den Händen herumzwirbelte.

Sie schloss das Fahrrad auf und stiess es über die Steinplatten, kam aber nicht richtig vorwärts. Etwas bremste. Das Rad hatte hinten einen Platten.

Auch das noch. Sie nahm das Tram.

Im Hallenbad hatte es fast keine Leute. Die meisten schwammen zu dieser Jahreszeit im See. Yvonne mochte den See nicht.

Manchmal roch es leicht nach vergammelten Pflanzen und man wusste nie genau, was sonst noch alles darin herumschwamm.

Sie machte ihre Längen. Doch diesmal begann sie bei zwanzig statt bei Null. Mit Länge 37 verabschiedete sie sich endgültig von Bruno, bei Länge 38 hatte sie einen neuen Job, bei Länge 39 machte sie eine Pause und hielt sich am Beckenrand fest. Hier musste sie sich entscheiden. Aber das hatte sie doch schon. Oder nicht? Sie hatte sich gegen etwas entschieden. Nämlich so zu werden wie ihre Mutter. War das eine Entscheidung?

Sie tauchte kurz ab, wie wenn sie damit ihre Gedanken wegspülen könnte, dann neigte sie den Kopf nach hinten, liess die Haare ins Wasser gleiten und starrte zur Decke.

Plötzlich legte sich ein Schatten über sie. Bruno! Reflexartig stiess sie sich vom Beckenrand ab und flüchtete ins offene Becken.

«Hab gedacht, dass ich dich hier finde.» Er trug die Badeshorts, die sie ihm zu Weihnachten geschenkt hatte.

«Was willst du?»

«Mit dir reden.»

«Worüber?»

«Über uns.»

Er setzte sich auf einen Startblock. «Ich habe mir Sorgen gemacht.»

«Sorgen? Dem sagst du Sorgen? So kam mir das aber ganz und gar nicht vor.» Sie schwamm wieder leicht auf den Rand des Bassins zu.

«Tut mir leid, wenn ich dich mit meinen Anrufen genervt habe.»

«Genervt? Verfolgt hast du mich!» Sie stieg aus dem Becken, streifte mit Daumen- und Zeigefinger das Wasser aus der Nase. «Aber ich lasse mich nicht mehr einschüchtern.» Sie stellte sich vor ihn hin.

«Ich wollte dich nicht verlieren, verstehst du?» Er stand auf und überragte sie nun bei weitem.

«Und trotzdem hast du alles geplant für uns, ohne mich einzubeziehen. Und wenn du gekonnt hättest, hättest du sogar die Kinder alleine gemacht.»

«Jetzt hör auf. Was hast du nur gegen Kinder? Das ist das Normalste auf der Welt. Alle anderen haben auch welche.» Er trat einen Schritt auf sie zu, so dass sich ihre Zehenspitzen beinahe berührten. Wasser tropfte auf ihre Füsse.

«Dann bin ich eben nicht normal. Ist auch nicht mein Ziel.» Sie trat einen Schritt zurück, verschränkte ihre Arme vor der Brust. «Lass mich zufrieden.» Sie wandte sich ab, er riss sie an der Schulter herum. «Lauf nicht immer davon!»

Sie schüttelte seine Hand ab, ging Richtung Umkleideraum, stiess mit einem Mann zusammen, der das Hallenbad betrat. Entschuldigend lief sie an ihm vorbei zur Frauengarderobe. Bruno hinterher. Es dauerte eine Weile, bis die Frauen reagierten.

«Ich glaube, Sie sind hier falsch», sagte eine ältere Frau mit schwabbeligen Oberschenkeln und Unterhosen, die bis über den Bauchnabel reichten. «Das ist die Frauengarderobe.»

«Wenn du genug gesehen hast, kannst du dich umdrehen und wieder rausgehen», meinte eine Jüngere mit spitzen, mädchenhaften Brüsten, die nur mit einem Fusskettchen bekleidet war.

Yvonne öffnete den Kleiderschrank, nahm das Frotteetuch heraus und hielt es schützend vor sich. «Bitte geh.»

Wortlos drehte er sich um und verliess die Garderobe.

Die *cullas da Vnà* schmeckten herrlich. Flurina hatte nach dem Essen keine Lust, schon in ihr Zimmer zu gehen, und wollte sich noch ein wenig in die *stüvetta* setzen. Doch bereits im Gang roch es nach Rauch. Sie sah die Zeitungen durch, die neben der Tür hingen. Den Stimmen nach musste sich der übliche Stammtisch getroffen haben. Florin schien nicht dabei zu sein, denn sie redeten offen über ihn.

«Ist doch nur eine Frage der Zeit, bis sie zusammenziehen!»

«Und wenn auch, ist das etwa verboten?»

«Da ist schon vorher etwas gelaufen zwischen denen.»

«Du meinst, er hat Franziska betrogen?»

«Aber sicher. Der tut immer nur so, als wäre er ein Heiliger.»

«Da habe ich aber etwas anderes gehört.»

Auf einmal war es still. Flurina wollte gerade die «Neue Zürcher Zeitung» herausziehen. Sie horchte.

«*Sie* hat *ihn* betrogen.»

«Was?» Jemand schlug auf den Tisch. «Ist nicht wahr!»

«Die Franziska war so eine integre Person.»

«So kann man sich täuschen.»

«Du erzählst Stuss! *Chaschöl!* Das hätte ich gewusst, ist schliesslich mein Bruder.»

«Andri, noch eine Runde!»

Schnell nahm sie die Zeitung vom Ständer und ging in den oberen Stock. Jetzt wusste sie, woran sie die Zeichnung erinnert hatte. An die von Lea, der jüngeren Tochter von Florin und Franziska. Da war angeblich eine Fee gezeichnet. Mit schwarzen zusammengebundenen Haaren. Nun war es ihr klar. Das war keine Frau. Das war ein Mann. Mit schwarzen, langen Haaren.

13

Sie hatte nicht damit gerechnet, dass am Samstag jemand da war. Doch der rot leuchtende Knopf der Kaffeemaschine war ein untrügliches Zeichen dafür.

Yvonne ging in ihr Büro. Es roch immer noch leicht nach Möbelpolitur, viel penetranter aber war der Geruch von vergammelten Blumen. Sie trug die Vase mit dem Strauss vom ersten Arbeitstag in die Küche. Die Stängel hatten sich dort, wo sie im Wasser waren, bereits zu zersetzen begonnen. Angewidert warf sie die Blumen in den Abfalleimer, die Vase räumte sie in die Geschirrspülmaschine.

Als sie wieder auf den Gang trat, hörte sie Stimmen.

«Du hast auf der ganzen Länge versagt!»

Das musste aus Toblers Büro kommen. Sie schaute nach. Die Tür war angelehnt. Sie spähte durch den Spalt.

Der Verwaltungsratspräsident las Tobler die Leviten. Er hatte sich über dessen Schreibtisch gebeugt, stützte sich mit den Fäusten darauf ab und schrie ihm ins Gesicht.

«Und dieser Architekt war auch eine Niete. Wenn die Abstimmung den Bach hinuntergeht, dann wirst du persönlich dafür bezahlen inklusive Vorinvestitionen.»

Vorinvestitionen? Waren das etwa die Bestechungsgelder?, fragte sich Yvonne und musste niesen. Schnell ging sie wieder in Richtung Küche, doch es war zu spät. Tobler streckte seinen Kopf durch die Tür.

«Frau Suter, was machen Sie denn auf dem Korridor?»

«Ich habe nur meine Blu...»

«Treten Sie doch ein!» Er packte sie am Arm und zog sie ins Büro.

Sie nickte Gerber zu, der sich unterdessen in einen Sessel gesetzt hatte, die Beine ausgestreckt, die Hände auf dem Bauch gefaltet.

«Was macht sie hier?», fragte Gerber und strich seine rote Krawatte glatt.

«Frau Suter hat gekündigt», erklärte Tobler.

«Ach ja? Und wieso?»

Es klopfte an der Tür. Lydia Schnell streckte den Kopf herein.

«Für einen Samstag ist hier aber sehr viel los. Du hast motivierte Mitarbeiterinnen, Tobler, das muss ich dir lassen», schnauzte der Verwaltungsratspräsident.

Lydia Schnell trat ein, die eine Hand auf der Türklinke, die andere an ihrer Perlenkette.

«Sie kommen wie gerufen», fuhr er fort und blickte kurz zu Tobler, wie wenn er sicher sein wollte, dass er ihm zuhörte. Dieser hatte sich wieder auf seinen Bürosessel fallen lassen.

«Ich habe einen Auftrag für Sie», wendete sich Gerber an Lydia Schnell.

«Und der wäre?» Frau Schnell zog ein Notizbuch aus der Tasche ihrer Strickjacke.

«Frau Suter möchte uns verlassen. Sie werden ein Schreiben aufsetzen, in dem wir die Konditionen dieser Entlassung regeln. Ein Verträgchen sozusagen. Den genauen Inhalt werde ich Ihnen gleich diktieren. Am besten, Sie nehmen Frau Suter erst mal mit. Wir sind hier noch nicht fertig.» Er blickte zu Tobler, der geknickt in seinem Sessel sass.

Lydia Schnell nahm Yvonne am Arm. «Bitte kommen Sie.»

Yvonne schüttelte sie ab. «Ist ja gut.»

Als sie unter der Tür stand, wandte sich Lydia Schnell nochmals an die beiden Männer. «Übrigens, ich werde ein Schreiben aufsetzen, aber nicht ein Verträgchen, wie Sie es nennen, sondern eine Kündigung. Meine Kündigung. Falls Sie noch weitere Korrespondenz benötigen, schreiben Sie sie am besten selber. Ich möchte mit all dem nichts mehr zu tun haben.»

Sie machte die Tür zu, nahm einen Schlüssel aus der Tasche, steckte ihn ins Schloss und drehte um. «Die Herren gehören Ihnen.»

«Wieso haben Sie das getan?»

«Ihnen zuliebe sicher nicht. Machen Sie sich keine falschen Hoffnungen. Ich finde Bestechung das Allerletzte, vor allem wenn es darum geht, demokratische Prozesse zu vereiteln. – Und ausserdem hatte ich keine Lust mehr, Geschenke für seine Frau auszusuchen.»

«Dann stimmt es doch. Die haben tatsächlich die Sursasser geschmiert.»

«Und das in grossem Umfang.» Sie griff an ihre Perlenkette, schwenkte sie hin und her und trippelte elegant den Gang hinunter.

«Ich geb's ja zu. Und jetzt? Macht die Sache nicht besser, oder?» Dani zündete mit zittrigen Fingern eine Zigarette an. «Das tönt vielleicht klischiert. Aber Frauen über vierzig haben mehr drauf.»

«Und in zehn Jahren nimmst du dir eine Jüngere.» Flurina schüttelte den Kopf.

«Das kann dir egal sein. Oder bist du etwa deswegen hierhergekommen, um mit mir über meine Vorlieben zu diskutieren?»

«Ich suche nach einem Motiv.»

«Ein Motiv? Wofür?»

«Für den Mord an Franziska Padrun.»

«Du hast wohl zu viel ‹Tatort› gesehen. Und überhaupt. Wenn jemand ein Motiv hätte, dann wohl am ehesten diese Alpina-Fritzen. Da werden Millionen verlocht in so einem Projekt.»

«Die waren es nicht.»

«Wer war was nicht?» Monica betrat die Stube.

«Du bist schon zurück?» Dani begann nervös auf seinem Stuhl herumzurutschen. «Flurina sucht nach dem Motiv, wieso jemand Franziska umgebracht haben könnte.» Dabei sah er Flurina flehend an. Scheinbar wusste seine Frau nichts von seiner Affäre mit Franziska Padrun.

«Das ist ja wohl nicht schwer. Wir wurden alle bedroht. Die Briefe, die Telefonanrufe. Die abgefackelte Scheune.»

«Das muss aber nicht die Alpina gewesen sein», entgegnete Flurina.

«Wer denn sonst?», fragte Monica.

«Leute, die befürchteten, dass sie ihre Bestechungsgelder wieder zurückgeben müssen», gab Flurina zur Antwort.

«Quatsch.» Monica drehte einen Stuhl um, nahm Platz und stützte sich auf der Lehne ab.

«Wenn es die AlpinaInvest war, wieso wurde dann Franziska erst zwei Wochen vor der Abstimmung umgebracht und nicht früher? Das macht keinen Sinn», widersprach ihr Flurina.

«Solche Leute denken nicht immer logisch.»

«Die können sich doch so etwas gar nicht leisten.»

«Aber einen Abstimmungskampf mit illegalen Mitteln beeinflussen, das können sie sich leisten!» Monica stand auf und schob den Stuhl grob beiseite, sodass er gegen die Tischplatte knallte.

«Monica hat recht», versuchte Dani einzulenken. «Vielleicht solltest du da weiterforschen.» Es schien, als wolle er sie loswerden, was Flurina verstehen konnte.

«Was macht die überhaupt bei uns?», fragte Monica.

«Sie wollte mich nur fragen, ob ich eine Idee hätte …»

«Ich glaube, es ist besser, wenn du jetzt gehst.» Monica blickte Flurina böse an.

Nachdem Flurina das Haus verlassen hatte, schaltete sie ihr Handy wieder ein. Huber hatte ein paarmal versucht, sie anzurufen. Sie rief ihn zurück.

«Die Stadtpolizei hat soeben eine Medienmitteilung herausgegeben.»

«Die arbeiten auch am Samstag?», spottete Flurina.

«Scheint so. Sie hat endlich den Fahrzeugtyp ermittelt.»

«Das hat aber gedauert.»

«Habe ich denen auch gesagt. Wir seien hier nicht bei CSI, dieser amerikanischen Fernsehserie, wo ein Fall in einer Dreiviertelstunde gelöst werde, war die Antwort.»

«Und?» Sie setzte sich auf eine Mauer gegenüber von Danis Haus und blickte ins Tal. Unten hatte es eine Gärtnerei.

«Ein dunkelroter Subaru.»

«Immerhin.» Sie stand wieder auf, ging zum Brunnen und trank einen Schluck Wasser.

«Stehst du unter einem Wasserfall?»

«Nein, das ist nur der Dorfbrunnen.» Sie wischte mit der Hand über den Mund. «Okay, dann bis bald.» Dass ihre Beweismittel für die Bestechungsaffäre ins Wasser gefallen waren, davon sagte sie ihrem Chef nichts. Vielleicht liessen sich ja neue finden.

Flurina steckte ihr Handy in die Tasche zurück, da spürte sie etwas an ihren Hosenbeinen. Ein kleines dünnes Kätzchen, das aussah wie eine Miniversion von Niculin, strich mit hoch erhobenem Schwanz um ihre Beine herum, wobei es vor lauter Buckelmachen und Auf-die-Hinterbeine-Stehen fast hinfiel.

«Wer bist denn du?» Flurina kniete sich hin, und der Kleine trippelte nervös um sie herum.

«Du bist aber süss. Noch so klein, aber benimmst dich wie ein Grosser.»

Sie streckte vorsichtig die Hand aus, um es am Köpfchen zu kraulen, doch das Kätzchen lief davon. Flurina ging ihm hinterher. Es lief weiter in eine Scheune und versteckte sich unter einem Auto. Flurina liess sich auf die Knie nieder und schaute darunter. Doch es war nicht mehr da.

Sie wollte sich wieder aufrichten, hielt aber inne. Vorne an der einen Seite des Wagens war die Karosserie eingehauen. Farbe war abgesplittert. Die Stossstange verbogen. Das Schutzglas vom Licht zerschlagen.

«Ein Reh», sagte eine Stimme hinter ihr.

Flurina drehte den Kopf. Da stand Monica. Sie hatte eine Heugabel in der Hand.

«Was kriechst du hier auf dem Boden rum?»

«Da war ein Kätzchen, und ich wollte ...» Flurina bückte sich und schaute nochmals nach, doch die Katze blieb verschwunden. Ihr Blick blieb an der Farbe des Fahrzeugs hängen. Es war dunkelrot. Und am Kühler prangte das Subaru-Logo mit den sechs Sternen.

«Steh auf!» Die vier Zinken der Heugabel befanden sich gefährlich nahe an ihrem Hals.

«He, hör auf! Ich wollte nur …» Flurina erhob sich langsam und ging ein paar Schritte zurück. Sie blickte sich um. Der Fluchtweg war versperrt. Sie war eingeklemmt zwischen der Scheunenwand und dem Auto. Hintenrum gehen konnte sie auch nicht. Das Auto war bündig zur Wand geparkt. Vielleicht über die Kühlerhaube klettern?

«Es war ein Reh», wiederholte Monica.

«Ja, ich habe es gehört, es war ein Reh. Kann ich jetzt wieder gehen?» Sie trat einen Schritt auf Monica zu. Diese wich zuerst leicht zurück und liess das Werkzeug sinken, setzte es aber dann von Neuem an.

«Könntest du vielleicht mal diese Gabel etwas …»

«Was macht ihr da?» Dani stand plötzlich hinter ihnen mit einem grünen Kompostkübel in der Hand.

«Sie wollte wissen, was mit unserem Auto passiert ist.» Monica drehte leicht den Kopf, liess Flurina aber nicht aus den Augen.

«Stimmt gar nicht», entgegnete Flurina.

«Halt den Mund!», rief Monica.

«Was spionierst du in unserer Scheune herum?» Er kam auf sie zu.

«Da war eine kleine Katze und ich wollte …»

«… diese Scheune auch in Brand stecken?», ergänzte Monica Flurinas Satz.

«Ich sehe hier keine Katze», sagte Dani und stellte den Kübel ab.

«Vorher war sie noch hier.» Flurina trat einen Schritt zurück. Dabei berührte ihr Fuss etwas Weiches. «Da bist du ja.» Schnell bückte sie sich und nahm das Kätzchen auf den Arm.

«Lass die Katze runter.» Monica sah sie drohend an.

«Nein.» Flurina hielt das Kätzchen schützend vor sich.

«Das ist doch Plümin! Wo bist du denn so lange gewesen?» Dani streckte den Arm aus, um es zu streicheln.

Flurina wich zurück. «Zuerst sagt ihr, was mit dem Auto passiert ist.»

«Monica ist in ein …»

«Was geht die das an?», unterbrach ihn Monica.

Dani griff nach dem Stiel und hielt ihn fest. «… hat ein Reh überfahren.»

«Ein Reh», wiederholte Flurina.

«Ja, ein Reh. Bist du taub?», brüllte Monica.

Das Kätzchen auf Flurinas Arm erschrak, kratzte sie und sprang auf den Boden. «Einfach so?»

«Mann, das passiert hie und da in den Bergen. Das solltest du doch wissen.»

«Und wann ist es passiert?»

«Vor zwei Wochen.» Dani versuchte, Monicas Hand vom Stiel zu lösen.

Sie riss ihm die Gabel wieder aus der Hand. «Was soll das? Bist du etwa auf ihrer Seite? Was läuft da zwischen euch? Ist das schon die nächste?» Sie richtete die Zinken gegen ihn, dann wieder auf Flurina.

«Du hast es gewusst?», fragte Flurina überrascht.

«Dass er mit einer anderen schläft? Natürlich habe ich es gewusst. Bin ich denn blind?»

«Ich Idiot. Du hast die ganze Z…» Dani sprach immer langsamer, bis seine Worte versiegten. Er drehte sich um, kratzte sich am Nacken, ging nach draussen, kam wieder herein, ging auf Monica zu. «Stell endlich diese blöde Gabel hin.» Er riss ihr das Werkzeug aus der Hand und rammte es in den Boden. «Du warst es!»

Dani stürzte sich auf Monica, sie fiel rückwärts hin. Er holte zum Schlag aus. Flurina, die hinter ihm stand, packte seinen Arm. «Das bringt doch nichts!»

Er liess den Arm sinken, Monica stand wieder auf, klopfte den Staub von der Hose. «Es war Zufall.»

«Du hast sie zufällig umgebracht?!», schrie Dani.

«Ich bin die Hardstrasse entlanggefahren und da stand sie auf einmal mitten auf der Strasse. Hat an ihren Schuhen herumgenestelt. Und … da habe ich Gas gegeben.»

«Du hast was?» Er wollte sich wieder auf sie stürzen, doch Flurina hielt ihn zurück.

«Gas ge-ge-ben.»

«Das habe ich verstanden.»

«Ich wollte dich nicht verlieren. Du hast doch immer Kinder gewollt. Mit ihr hättest du welche haben können.»

«Ich fass es nicht!» Er raufte sich die Haare.

Monica wandte sich ab und begann zu schluchzen.

Er riss sie unsanft herum. «Und die Scheune, das warst auch du!»

Monica schlang die Arme um ihren schlanken Körper und schwieg.

«Du hast sie umgebracht, weil du keine Kinder kriegen kannst? Ich rufe jetzt die Polizei», sagte Flurina. Niemand widersprach.

Sie sassen auf hellblauen Spaghettistühlen vor einem einstöckigen Glasbau mit bunten Scheiben am Hafen Riesbach. Familien mit Kinderwagen und Hunden spazierten dem Seeufer entlang. Die meisten sah Yvonne zweimal. Einmal auf dem Hin- und einmal auf dem Rückweg.

«Was wirst du jetzt tun?», fragte Bruno und stocherte in seiner Kaffeetasse herum.

«Ich weiss es nicht.» Yvonne setzte die Sonnenbrille auf und lehnte sich zurück.

«Wie bitte?»

«Ich – weiss – es – nicht.» Sie betonte jedes Wort.

«So einen Satz habe ich noch nie von dir gehört.»

Yvonne ging nicht darauf ein. «Ich werde erst einmal einen Monat nichts machen. Herumreisen, Freunde besuchen, und dann schaue ich weiter.»

«Und mit uns? Schauen wir da auch einfach weiter?»

«Ich brauche eine Pause. Muss zuerst herausfinden, was ich wirklich will.»

Bruno kratzte den letzten Rest Kaffee aus der Tasse, betrachtete den braunen Schaum auf der Spitze des Löffels und leckte ihn ab. «Aber du weisst doch immer genau, was du willst.»

«Nein. Ich weiss vor allem, was ich nicht will.»

«Eben.»

«Das ist nicht dasselbe. Ich weiss nur, dass ich nicht so leben möchte wie meine Mutter, die ihren Beruf zugunsten der Kindererziehung aufgegeben hat.»

«Du hast dich doch nie an deiner Mutter orientiert.»

«Doch. Indem ich das Gegenteil gemacht habe.»

«Das verstehe ich jetzt nicht.»

«Es ist doch keine freie Entscheidung, wenn wir einfach nur

das Gegenteil von dem machen, was die anderen uns vormachen.»

«Du willst also doch Kinder?», fragte er hoffnungsvoll.

«Das habe ich nicht gesagt.»

«Ach so.» Er schaute auf die Uhr. «Ich muss los. Kommst du?»

«Nein, ich werde hier noch eine Weile sitzen und auf den See schauen.»

14

Flurina blickte auf die roten Zotten. Diesmal erinnerte sie der Teppich an eine Unterwasserwelt. Kupferanemonen, die sich im Takt des Meeres hin- und herwiegten. Fest verankert und gleichzeitig in Bewegung.

Sie hatte Frau Fromm die ganze Geschichte von ihrer Schwester erzählt, in einem Atemzug. Die Ärztin hatte ihr schweigend zugehört und ab und zu genickt. Nun war Flurina erschöpft. Sie fühlte sich leer. Doch die Leere war nicht unangenehm.

«Woran denken Sie?», wollte Frau Fromm wissen.

«An Blumentiere, die sich im Untergrund festgekrallt haben.»

Als Frau Fromm nicht regierte, ergänzte sie: «Ich möchte auch gerne irgendwo ankommen.»

Frau Fromm sah sie weiterhin schweigend an und verzog keine Miene. Hatte die Therapeutin sie nicht verstanden und wartete auf eine Erklärung? Oder dachte sie über das Gesagte nach? Flurina wusste es nicht. Doch war es ihre Aufgabe, sich zu überlegen, was sich die Therapeutin überlegte?

«Ich möchte mich irgendwo niederlassen», fuhr sie fort. «Nicht im wörtlichen Sinn. Obwohl, das vielleicht auch. Ich meine vielleicht eher ...» Sie begann zu stottern, blickte auf den Teppich, schien sich in den Zotten zu verheddern.

Frau Fromm schaute sie immer noch schweigend an.

«Aber eventuell muss ich dann auch …», versuchte sie es noch einmal.

Frau Fromm hob eine Augenbraue. Ganz leicht. Oder bildete Flurina sich das ein? Sie hatte das Gefühl, über gefrorenes Wasser zu gehen in der Gewissheit, dass sie jederzeit einbrechen konnte. Sie machte einen weiteren Schritt. Es knackte leise. Frau Fromm machte keine Anstalten, ihr entgegenzukommen oder ihr eine Hand zu reichen.

«‹Irgendwo anzukommen›, wie Sie es nennen, heisst auch, andere Möglichkeiten auszuschliessen. Sie können nicht gleichzeitig nach links und nach rechts abbiegen. Wenn Sie den Panoramaweg nehmen, werden Sie nicht erfahren, wie es wäre, durch die Talsohle zu wandern.» Die Therapeutin schaute sie herauffordernd an. «Sie müssen Verantwortung übernehmen. Für Ihre Entscheidung, aber auch für die Alternativen, die Sie nicht wählen.»

Flurina spürte, wie sie kleiner wurde. Sie drohte, im Sessel zu versinken, ihre Füsse schienen in der Luft zu baumeln. Sie schaute zum Fenster hinaus. Ganz hinten sah sie die Berge. Sie dachte an Guardaval. Wie viele Möglichkeiten gab es, dahin zu gelangen? Sicher mehr als eine. Was war das für eine idiotische Metapher mit der Wegkreuzung! Die Fromm brachte doch Weg und Ziel durcheinander.

Sie holte tief Luft, setzte sich aufrecht hin.

«Okay», sagte sie und stand auf. «Ich übernehme Verantwortung. Ich breche die Therapie ab.»

Frau Fromm sagte nichts. Doch diesmal schien sie nicht zu schweigen, weil sie überlegte, sondern weil sie nicht wusste, was sie sagen sollte.

Sie stand ebenfalls auf. Erst jetzt bemerkte Flurina, dass sie die Ärztin um fast einen halben Kopf überragte. «Ich hoffe, Sie haben sich das gut überlegt.» Der Satz hatte etwas Drohendes. Frau Fromm gab ihr die Hand.

Als Flurina ihr Fahrrad aufschloss, sah sie Frau Fromm am Briefkasten hantieren. Ungeschickt klaubte sie die Post heraus, wobei ihr ein Kuvert zu Boden fiel.

Als Flurina das Büro betrat, waren alle in ihre Bildschirme vertieft. Sie grüsste in die Runde und ging an ihren Platz. Auf dem Tisch stand ein Blumenstrauss – Ranunkeln in knalligen Farben. Sie suchte nach einer Karte, fand aber keine. Sie schaute sich im Büro um, doch niemand gab sich zu erkennen. Sie setzte sich und startete den Computer. Etwas später hörte sie in der Küche jemanden fluchen, dann knallte ein Korken, gefolgt von einem schäumenden Geräusch. Kurz darauf stand Kurt vor ihr. Er hielt mit beiden Händen ein Tablett. Darauf standen eine Flasche Prosecco und vier bereits gefüllte Gläser.

«Gruss vom Chef. Du weisst ja, was er von solchen Anlässen hält.» Er deutete mit dem Kopf auf die geschlossene Tür, die zu Hubers Büro führte.

«Aber ich habe doch gar nicht Geburtstag», entgegnete Flurina.

«Nicht? Das ist blöd. Dann muss ich den Prosecco alleine trinken.» Er drehte sich um und machte ein paar Schritte zur Küche.

«Komm schon her!», rief Flurina lachend.

«Wir feiern doch deine Rückkehr», erklärte Kurt.

«Und deinen Erfolg. Gratuliere!» Stefan streckte ihr die Hand entgegen. «Gute Arbeit!»

«Eher Glück und Zufall», widersprach ihm Flurina.

«Ich dachte, du glaubst nicht an Zufälle?» Huber war nun doch aus seinem Bau hervorgekrochen.

«Nicht an alle. Apropos Zufälle. Hat sich der anonyme SMS-Schreiber gemeldet?»

«Vielleicht war es ja eine Schreiberin?», rätselte Kurt.

«Nein», beantwortete Huber Flurinas Frage. «Ich dachte, du hättest vielleicht herausgefunden, wer es war.» Er setzte sich auf die Tischkante und nahm ein Glas.

«Ich habe keine Ahnung. Vielleicht war es auch nur ein Scherz.»

«Dann aber ein guter!» Huber wollte gerade das Glas zum Anstossen erheben, als Stefan dazwischenfuhr.

«Hast du das Neuste schon gehört? Die AlpinaInvest hat ein Verfahren am Hals. Nicht nur wegen dieser Geschichte in Sursass. Scheinbar hat sie auch bei anderen Grossprojekten Leute bestochen. Zum Glück waren die Engadiner so vernünftig und stimmten dem Landverkauf nicht zu.»

«Wir lassen uns nicht so schnell beeinflussen», prahlte Flurina.

«Nein, dafür seid ihr zu stur.» Huber drückte ihr freundschaftlich die Schulter.

«Es werden Köpfe rollen, aber nicht nur bei der Alpina», fuhr Stefan fort. «Auch die Zürcher Stadtregierung ist davon betroffen. Morgen steht es in der Zeitung. Heute exklusiv auf meinem Bildschirm.»

«Das war also nur die Spitze des Eisbergs.» Flurina wurde nachdenklich.

«Und das alles haben wir dir zu verdanken», sagte Stefan.

Huber räusperte sich. «Darf ich vielleicht auch mal etwas

sagen?» Es wurde still. Huber suchte nach Worten. «Ach, was soll's. Auf dich, Flurina!» Er erhob sein Glas.

«Und, wie geht es dir?», fragte Kurt, nachdem sich alle zugeprostet und vom Prosecco genippt hatten, Huber bereits wieder in sein Kämmerchen verschwunden und Stefan am Telefonieren war.

«Du siehst müde aus.»

Flurina nickte.

«Du hattest einen Zusammenbruch, hat Huber gesagt?»

«Das ist eine längere Geschichte.» Flurina seufzte.

«Ich liebe lange Geschichten.» Stefan hatte den Hörer aufgelegt und kam zu ihnen herüber. Kurt stiess ihn leicht in die Seite, was wohl hiess, er solle sich etwas zurücknehmen.

«Nicht jetzt», sagte Flurina leise.

«Was ich immer noch nicht ganz verstehe», wechselte Stefan das Thema. «Wieso hat diese Monica Zürcher die Padrun überfahren?»

«Sie hatte Angst, ihr Mann würde sie verlassen. Er hatte mit Franziska ein Verhältnis und wollte unbedingt Kinder. Monica konnte keine bekommen», erklärte Flurina.

Kurt schaute sie verwundert an. «Ist das ein Grund, jemanden zu verlassen? – Also für mich nicht», beantwortete er seine Frage gleich selber.

«Du hast ja auch gerade eins gekriegt», frotzelte Stefan. «Nein, im Ernst. Viel wichtiger ist die Frage, ob das ein Grund ist, jemanden umzubringen.»

Kurt hielt die Flasche fragend in die Runde. Als alle abwinkten, goss er den Rest in sein Glas.

«So, wie es Monica geschildert hat, war es nicht vorsätzlich.

Es war eher ein dummer Zufall. Eine Gelegenheit, die sich ergeben hat. Etwas, das sonst wohl nie passiert wäre.»

«Also doch Zufall?» Kurt hatte soeben sein Glas geleert und stellte es auf den Schreibtisch.

«Vielleicht», meinte Flurina.

«Du nimmst sie in Schutz?» Stefan erhob sich.

«Nein, das mache ich nicht.»

«Du meinst, so nach dem Motto: ‹Gelegenheit macht Mörderinnen›?», versuchte Kurt einzulenken.

«Wissen wir denn, wie wir in so einer Situation reagieren würden? Ich finde, man sollte nicht leichtfertig über andere urteilen.»

«Das sind ja ganz neue Töne!», rief Stefan überrascht.

«Manchmal passiert etwas, ohne dass man es gewollt hat.» Flurina dachte an ihre Schwester.

«Aber den Fuss hat sie schon absichtlich auf dem Gaspedal gehabt. Oder war das etwa unwillentlich?», fragte Stefan scharf.

«Die Situation hat sie sicher nicht gewollt.»

«Dann ist Monica also das Opfer?» Stefan schüttelte den Kopf.

«Das habe ich nicht gesagt. Ich versuche nur, zu verstehen.»

«Demnach verstehst du auch, wie es ist, wenn jemand keine Kinder kriegen kann?»

«Ist das jetzt nicht etwas intim?» Kurt stellte sich schützend vor Flurina, die in der Zwischenzeit ebenfalls aufgestanden war.

«Lass nur», entgegnete Flurina. «Ich verstehe zumindest, dass man sich mit dem Thema ‹Kinder› auseinandersetzen muss.» Sie räumte die Gläser aufs Tablett. «Als Frau, Mitte dreissig, wenn man noch keine hat.»

«Du machst dir solche Gedanken?», fragte Kurt erstaunt.

«Es sind nicht die Gedanken, es ist mehr ein Gefühl.»

«Jetzt wird's mir zu esoterisch.» Stefan ging zu seinem Schreibtisch zurück.

«Das hat man gern. Diskussionen anreissen, und wenn es brenzlig wird, einfach abrauschen», sagte Kurt, als Stefan ausser Hörweite war.

«Vielleicht kommt er selber nicht damit klar.»

«Dieses Gefühl – meinst du damit die altbekannte tickende Uhr?», kam Kurt wieder auf das Thema zu sprechen.

«Das tönt ziemlich blöd. Aber sehr wahrscheinlich ist es das. Es fühlt sich an, wie wenn der Körper auch ein Gedächtnis hätte und sich erinnern würde, dass es da noch etwas gibt. Eine Aufgabe, oder so.»

Kurt schaute sie mit grossen Augen an.

Flurina prustete los. «Bitte entschuldige. Stefan hat recht. – Genug Seelenstriptease.» Sie nahm das Tablett und trug es in die Küche. Frau Fromm hätte Freude an ihren letzten Sätzen gehabt. Aber die hatte es nun nicht mehr zu interessieren.

Dank

Autorin und Verlag danken dem Kuratorium für Kulturförderung des Kantons Solothurn, der Stadt Chur und dem Kanton Graubünden für die grosszügige Unterstützung. Die Autorin dankt der Fundaziun Nairs und der Fachstelle Kultur Kanton Zürich für Atelierstipendien im Engadin und in Berlin.

Ein weiterer Dank geht an Judith Hödl von der Stadtpolizei Zürich, Dr. med. Marcella Siegrist, Urs Padrun, Dora Filli, Richard Marugg, Andreas Wirz, Willy Altermatt und Peter Krepper sowie an Das Lektorat am Literaturhaus Basel.

Rudi Kost

Die Nadel im Heuhaufen

Ein Hohenlohe-Krimi. 192 Seiten. Piper Taschenbuch

Als Bauer Huber in Hohenberg bei Schwäbisch Hall tot in seiner Scheune aufgefunden wird, scheint der Fall klar: ein Unglück. Doch Versicherungsvertreter Dieter Dillinger kann das nicht glauben. Kurz vor seinem Tod wollte der Bauer nämlich seine Lebensversicherung umschreiben lassen. Aber warum und auf wen? Bei seinen Nachforschungen merkt Dillinger, dass er in ein Wespennest gestochen hat. Welches Geheimnis umgibt die Bauernfamilie, in der es mit der ehelichen Treue offensichtlich keiner so genau genommen hat? Welche Rolle spielt der Bauunternehmer Deyhle, der nicht nur von Bauer Huber im großen Stil Ackerland aufgekauft hat? Spannend und rasant ist Rudi Kosts Kriminalroman um Ermittler Dieter Dillinger – eine Geschichte um Träume und unerfüllte Sehnsüchte, um dunkle Familiengeheimnisse und Dorfintrigen.

05/2203/02/L

Jason Goodwin

Die Weisheit des Eunuchen

Kriminalroman. Aus dem Englischen von Ulrike Wasel und Klaus Timmermann. 368 Seiten. Piper Taschenbuch

Konstantinopel im Jahr 1836: Eine mysteriöse Mordserie bedroht die Ruhe im osmanischen Reich. Yaschim Togalu, der kluge, weltgewandte Eunuch des Sultans, muß den Mörder finden, bevor die Macht seines Herrn ins Wanken gerät. Und so macht er sich auf die gefährliche Jagd nach dem Täter, die ihn durch die engen Gassen Konstantinopels, durch die Serails und prächtigen Moscheen der Stadt bis in die Quartiere der entmachteten, von Rache beseelten Janitscharen führt …

»Eine packende Geschichte aus dem historischen Istanbul, großartig geschrieben und mit einem wundervoll verführerischen und äußerst originellen Detektiv.«

Kate Mosse

05/2247/02/R

Katharina Gerwens, Herbert Schröger

Stille Post in Kleinöd

Ein Niederbayern-Krimi. 336 Seiten. Piper Taschenbuch

»Ja Bluatsakrament«, flucht Joseph Langrieger, als er in seiner Odelgrube einen Toten entdeckt. Das Ganze gibt der Polizei im niederbayerischen Kleinöd Rätsel auf. Ein Fall für die Kripo, entscheidet Polizeiobermeister Adolf Schmiedinger, und Kriminalkommissarin Franziska Hausmann muß in ihrem ersten Mord auf dem Land ermitteln. Dabei stellt sich bald heraus, daß der Täter aus Kleinöd stammen muß. Und tatsächlich lauern hinter der scheinbar tadellosen Fassade des hübschen Dorfes jede Menge dunkle Geheimnisse, zerrüttete Ehen, Betrug und Erpressung …

Spannend und humorvoll beschreibt das Autorenduo Gerwens & Schröger eine nur auf den ersten Blick idyllische Welt.

05/2204/02/L

Kirstin Warschau

Fördewasser

Ein Kiel-Krimi. 320 Seiten. Piper Taschenbuch

An einer Staumauer bei Kiel wird die Leiche eines Mannes gefunden. Kommissarin Olga Island, soeben aus Berlin versetzt, übernimmt die Ermittlungen. Der Tote war hoch verschuldet und betrieb einen regen Handel mit Schiffsschrott. Als in der Kieler Förde eine weitere Wasserleiche entdeckt wird, sprechen die Medien von einem Serienkiller. Die Jagd nach dem Täter führt Olga Island in entlegene Winkel der Landeshauptstadt und ihrer ländlichen Umgebung. Dabei hat sie nicht nur mit den Vorurteilen ihrer Kollegen zu kämpfen, sondern auch mit einem gefährlichen Mörder, der vor weiteren Taten nicht zurückschreckt …

05/2299/02/R

Martin W. Brock

Freitagsflug

Ein München-Krimi. 240 Seiten.
Piper Taschenbuch

Die Münchner Abteilung für organisierte Kriminalität ist ratlos: Noch immer ist es nicht gelungen, die illegalen Bordelle auszuheben. Ob es in den eigenen Reihen einen Verräter gibt? Kommissar Ricardo Bauer staunt nicht schlecht, als ausgerechnet in seinem Schreibtisch verdächtige Kontoauszüge entdeckt werden. Für seine Vorgesetzten ein klarer Fall: Bauer hat sich von den Bordellbetreibern bestechen lassen und im Gegenzug rechtzeitig vor Polizeirazzien gewarnt. Der sympathische Kommissar weiß, daß er unschuldig ist, doch wird es ihm gelingen, den wirklichen Täter aufzuspüren?

»Brock ist dort zu Hause, wo sein Roman spielt. Schillernde Figuren, eine fesselnde Story und ein überraschendes Ende.«
Heiner Lauterbach

05/2214/02/L

Martin W. Brock

Nachtnebel

Ein München-Krimi. 288 Seiten.
Piper Taschenbuch

In einem Waldstück bei München findet ein Spaziergänger einen ausgebrannten Pkw – und auf dem Fahrersitz die verkohlte Leiche eines Mannes. Wer ist er, und warum mußte er sterben? Zunächst tappt Hauptkommissar Ricardo Bauer im dunkeln, doch dann überstürzen sich die Geschehnisse. Die Polizisten selbst und ihre Familien geraten in die Schußlinie einer skrupellosen Verbrecherbande, die auch vor Mord nicht zurückschreckt...

»Wer ›Nachtnebel‹ liest, läuft selbst Gefahr, eine schlaflose Nacht zu verbringen. Denn einmal in den Fängen von Martin W. Brock, läßt einen der Roman nicht mehr los.«
Süddeutsche Zeitung

05/2215/02/R

Wolfgang Burger

Heidelberger Lügen

Kriminalroman. 272 Seiten.
Piper Taschenbuch

Kriminalrat Gerlach hat sich in Heidelberg eingelebt, und eigentlich könnte sein Leben endlich in ruhigeren Bahnen verlaufen. Doch dann verspricht er einer jungen Frau, deren Mann unter seltsamen Umständen bei einem Unfall ums Leben kam, bei der Aufklärung zu helfen. Gerlach vermutet ein Eifersuchtsdrama, aber plötzlich taucht ein Aktenkoffer voller Geld auf, der offenbar dem Toten gehört hat. Der sympathische Kriminalrat muss in einem Fall ermitteln, der ihn rund um die Uhr fordert, weshalb er wieder einmal zu wenig Zeit für seine Zwillingstöchter hat, die sich gerade zum ersten Mal verlieben, leider in denselben Jungen…

05/2216/02/L

Wolfgang Burger

Schwarzes Fieber

Ein Heidelberg-Krimi. 288 Seiten.
Piper Taschenbuch

Eine bewusstlose Frau mit starken Kopfverletzungen, die in der Nähe von Heidelberg gefunden wird, gibt der Polizei Rätsel auf: Wer ist sie? Und weshalb wird sie von niemandem vermisst? Als sie aufwacht, stellt sich heraus, dass sie nicht sprechen kann. Kripochef Alexander Gerlach übt sich in Geduld, doch dann kommt es zu weiteren Mordanschlägen auf die Fremde. Erst als die Leiche eines Mannes aus Angola auftaucht, beginnt Gerlach die wahren Zusammenhänge zu erahnen, und ein gefährlicher Wettlauf mit der Zeit beginnt.

05/2217/02/R

Stefan Holtkötter

Das Geheimnis von Vennhues

Ein Münsterland-Krimi. 272 Seiten. Piper Taschenbuch

Über zwanzig Jahre ist es her, dass im Vennhueser Moor im Münsterland ein grausamer Mord geschah. Der Hauptverdächtige Peter Bodenstein wurde seinerzeit aus Mangel an Beweisen freigesprochen. Nun ist er ins Dorf zurückgekehrt, um seine Unschuld zu beweisen. Doch wenig später wird wieder ein toter Junge im Moor gefunden. Erneut weisen alle Spuren auf Bodenstein. In Vennhues erhält Hauptkommissar Hambrock aus Münster kaum Unterstützung, und das, obwohl er selbst aus dem Dorf stammt. Es scheint ein Geheimnis zu geben, von dem er ausgeschlossen ist. Und wenn er die Wahrheit über Bodenstein herausfinden will, gibt es für ihn nur einen Weg – ins Moor …

05/2300/02/L

Volker Klüpfel, Michael Kobr

Erntedank

Kluftingers zweiter Fall. 384 Seiten. Piper Taschenbuch

Der Allgäuer Kriminalkommissar Kluftinger traut seinen Augen nicht: Auf der Brust eines toten Mannes in einem Wald bei Kempten liegt, sorgfältig drapiert, eine tote Krähe. Im Lauf der Ermittlungen taucht der Kommissar immer tiefer in die mystische Vergangenheit des Allgäus ein, und es beginnt ein Katz-und-Maus-Spiel mit dem Mörder, bei dem die Zeit gegen ihn arbeitet. Denn alle Zeichen sprechen dafür, dass das Morden weitergeht …

Mit eigenwilligen Ermittlungsmethoden riskiert der liebenswert-kantige Kommissar einen Blick hinter die Fassade der Allgäuer Postkartenidylle und deckt Abgründe auf.

»Kommissar Kluftinger hat in seinen Kniebundhosen durchaus das Zeug zum Columbo von Altusried. Und schon deshalb wird dieser Krimi auch über die Grenzen des Allgäus hinaus bekannt werden.«
Die Welt

05/2061/02/R

PIPER

Marina Heib

Weißes Licht

Kriminalroman. 288 Seiten.
Piper Taschenbuch

Sie nennen ihn nur den »Bestatter«, weil er bei jeder Leiche einen Bibelvers hinterläßt. Der tote Junge auf der Waldlichtung ist sein viertes Opfer – und Kommissar Christian Beyer und seine Sonderermittler müssen den Täter finden, bevor er noch einmal zuschlagen kann … »Weißes Licht«, ein packender psychologischer Kriminalroman, der unter die Haut geht!

»Ein fesselndes Krimidebüt, das feinfühlig die Hilflosigkeit der Opfer und die psychischen Abgründe der Täter auslotet.«
Bücher

05/2344/01/L

Marina Heib

Eisblut

Thriller. 304 Seiten.
Piper Taschenbuch

Schnittverletzungen am ganzen Körper und Salz in den Wunden: Uta Berger ist das erste von drei Opfern, die vor ihrem Tod offensichtlich grausam gefoltert wurden. Die Zeit drängt, denn der Täter geht mit größter Akribie und Intelligenz vor. Und seine Motive zu verstehen, scheint der einzige Schlüssel zur Lösung des Falls. Daher ziehen die Hamburger Sonderermittler um Christian Beyer auch in diesem Fall die Psychologin Anna Maybach hinzu.

»Höchst unterhaltsam. Mit den vielen verschiedenen Handlungssträngen und Verdachtsmomenten gehört der Krimi zu den besten seiner Art.«
Heidelberg aktuell

05/2345/01/R

PIPER

Gisa Pauly

Die Tote am Watt

Ein Sylt-Krimi. 352 Seiten.
Piper Taschenbuch

Ein furchtbarer Mord auf der Ferieninsel Sylt! Eine vermögende Witwe wird erdrosselt aufgefunden. Eigentlich müsste der Täter per DNA-Analyse schnell zu überführen sein, weshalb Hauptkommissar Erik Wolf auf eine rasche Lösung hofft. Mamma Carlotta jedoch, seine italienische Schwiegermutter, die derzeit zu Besuch ist, hält wenig von solchen modernen Ermittlungsmethoden. Viel lieber verlässt sie sich auf ihre weibliche Intuition. Mit italienischem Charme und zum Schreck der Beamten mischt sie sich in die Ermittlungen ein. Dabei bringt sie sich selbst in Lebensgefahr …
Atmosphärisch, spannend und humorvoll erzählt Gisa Pauly von Mamma Carlottas erstem Fall, bei dem das italienische Temperament mit dem norddeutschen mehr als einmal zusammenprallt.

05/2079/02/L

Ulrich Wickert

Die Wüstenkönigin

Der Richter in Angola. Kriminalroman. 304 Seiten.
Piper Taschenbuch

Als Untersuchungsrichter Jacques Ricou auf angesehene Männer stößt, die alle menschlichen Werte missachten, ist er entschlossen, die Verbindungen zwischen Waffenhändlern und Ölmagnaten, zynischen Politikern und skrupellosen Geheimdienstagenten mit ihren illegalen Geschäften in Angola aufzudecken. Doch je näher er sich mit dem Fall befasst, desto gefährlicher wird die Lage für ihn. Konfrontiert mit den tiefsten Niederungen der menschlichen Habgier, schlägt er selbst die Warnungen der schönen schwarzen Lyse in den Wind und fliegt nach Luanda. Und damit in den fast sicheren Tod …

»Eine packende Story, von der der Autor behauptet, sie könne ›fast‹ wahr sein.«
Der Spiegel

05/2087/02/R

SANDRA HUGHES

LEE GUSTAVO

Roman

Lee hat Onkel Moses erpresst, saß im Gefängnis und schlägt sich durch als «Haushalthilfe für alle Fälle» bei einer exzentrischen Trendjournalistin oder mit dem Verscherbeln von aufgemöbeltem Trödel, den die konsumfreudige Mittelschicht nachts auf einer Schutthalde deponiert. Eines Abends findet Lee einen Brief vom Vater, den dieser vor seinem Selbstmord geschrieben hat. Seine Geschichte führt nach Brasilien in eine Familie, in der man keine Skrupel kennt. Lee versteht vieles neu und entdeckt eine offene Rechnung …

«‹Lee Gustavo› ist ein aussergewöhnlich intensiver und dichter Roman, exzellent erzählt: frisch und rau und mit einer enormen Kraft, die bis zum Schluss anhält.»
Neue Zürcher Zeitung

«Sandra Hughes Erstling ist eine frech geschriebene, fulminante Familiengeschichte abseits bürgerlicher Schauplätze.» *Der Bund*

«Ein quirliger Roman, der nie zur Ruhe kommt und seine Leser nicht selten an der Nase herumführt. Sprache und Beschreibungen sind an Deftigkeit kaum zu überbieten, aber genau das passt zu Lees Leben.» *Deutschlandfunk*